„BÜCHER SIND WIE FALLSCHIRME. SIE NÜTZEN UNS NICHTS, WENN WIR SIE NICHT ÖFFNEN."

Gröls Verlag

Redaktionelle Hinweise und Impressum

Das vorliegende Werk wurde zugunsten der Authentizität sehr zurückhaltend bearbeitet. So wurden etwa ursprüngliche Rechtschreibfehler *nicht* systematisch behoben, denn kleine Unvollkommenheiten machen das Buch – wie im Übrigen den Menschen – erst authentisch. Mitunter wurden jedoch zum Beispiel Absätze behutsam neu getrennt, um den Lesefluss zu erleichtern.

Um die Texte zu rekonstruieren, werden antiquarische Bücher von Lesegeräten gescannt und dann durch eine Software lesbar gemacht. Der so entstandene Text wird von Menschen gegengelesen und korrigiert – hierbei treten auch Fehler auf. Wenn Sie ebenfalls antiquarische Texte einreichen möchten, finden Sie weitere Informationen auf www.groels.de

Viel Freude bei der Lektüre wünscht Ihnen das Team des Gröls-Verlags.

Adressen

Verleger: Sophia Gröls, Im Borngrund 26, 61440 Oberursel

Externer Dienstleister für Distribution & Herstellung: BoD, In de Tarpen 42, 22848 Norderstedt

Unsere „Edition | Werke der Weltliteratur“ hat den Anspruch, eine der größten und vollständigsten Sammlungen klassischer Literatur in deutscher Sprache zu sein. Nach und nach versammeln wir hier nicht nur die „üblichen Verdächtigen“ von Goethe bis Schiller, sondern auch Kleinode der vergangenen Jahrhunderte, die – zu Unrecht – drohen, in Vergessenheit zu geraten. Wir kultivieren und kuratieren damit einen der wertvollsten Bereiche der abendländischen Kultur. Kleine Auswahl:

Francis Bacon • Neues Organon • **Balzac** • Glanz und Elend der Kurtisanen • **Joachim H. Campe** • Robinson der Jüngere • **Dante Alighieri** • Die Göttliche Komödie • **Daniel Defoe** • Robinson Crusoe • **Charles Dickens** • Oliver Twist • **Denis Diderot** • Jacques der Fatalist • **Fjodor Dostojewski** • Schuld und Sühne • **Arthur Conan Doyle** • Der Hund von Baskerville • **Marie von Ebner-Eschenbach** • Das Gemeindekind • **Elisabeth von Österreich** • Das Poetische Tagebuch • **Friedrich Engels** • Die Lage der arbeitenden Klasse • **Ludwig Feuerbach** • Das Wesen des Christentums • **Johann G. Fichte** • Reden an die deutsche Nation • **Fitzgerald** • Zärtlich ist die Nacht • **Flaubert** • Madame Bovary • **Gorch Fock** • Seefahrt ist not! • **Theodor Fontane** • Effi Briest • **Robert Musil** • Über die Dummheit • **Edgar Wallace** • Der Frosch mit der Maske • **Jakob Wassermann** • Der Fall Maurizius • **Oscar Wilde** • Das Bildnis des Dorian Grey • **Émile Zola** • Germinal • **Stefan Zweig** • Schachnovelle • **Hugo von Hofmannsthal** • Der Tor und der Tod • **Anton Tschechow** • Ein Heiratsantrag • **Arthur Schnitzler** • Reigen • **Friedrich Schiller** • Kabale und Liebe • **Nicolo Machiavelli** • Der Fürst • **Gotthold E. Lessing** • Nathan der Weise • **Augustinus** • Die Bekenntnisse des heiligen Augustinus • **Marcus Aurelius** • Selbstbetrachtungen • **Charles Baudelaire** • Die Blumen des Bösen • **Harriett Stowe** • Onkel Toms Hütte • **Walter Benjamin** • Deutsche Menschen • **Hugo Bettauer** • Die Stadt ohne Juden • **Lewis Caroll** • *und viele mehr….*

Magda Trott

Puckis erster Schritt ins Leben

Erzählung für junge Mädchen

Inhalt

Hinaus in die Ferne

„Was ist das Leben? Ein Rennwagen! Man sitzt darin, sieht viel Schönes und leider auch viel Häßliches, alles geht rasch vorüber, schließlich ist man am Ziel, und dann ist das Leben aus!"

So philosophierte die siebzehnjährige Hedi Sandler. Wie die Jahre dahin gegangen waren! Sie konnte sich noch genau an die Zeit erinnern, da sie als sechsjähriges Mädchen in die Rahnsburger Schule, zu Fräulein Caspari, gekommen war. Das liebe, kleine Rahnsburg, die liebe Försterei Birkenhain, in der die Eltern schon so viele Jahre wohnten! Welch glückliche Kindheit lag hinter ihr! Welch frohe Stunden verlebte sie dort mit den Eltern und Geschwistern! Als Hedi zehn Jahre alt geworden war, kam sie nach Rotenburg in die höhere Schule. Auch daran konnte sich das Försterkind noch genau erinnern. Bei Tante Grete, der Schwester des lieben Oberförsters Gregor, war sie in Pension gewesen, und manch toller Streich war dort ausgedacht und ausgeführt worden. – „Pucki" nannte man sie daheim, „Pucki" hieß sie auch in der Schule, und in ihrer Backfischzeit sprach man von dem „Puck", der immer der erste bei losen Streichen war. Und jetzt? – –

Dreiviertel Jahre war es her, daß ihr Freund, Doktor Claus Gregor, der älteste Sohn des Oberförsters, nach Santa Catharina als Arzt an das deutsche Krankenhaus gegangen war. Der Abschied war ihr nicht leicht geworden. Ernste, mahnende Worte hatte Claus zu ihr gesprochen.

„Wie werde ich dich wiederfinden, wenn ich in zwei Jahren aus Brasilien zurückkehre? Wird der schlimme Puck noch in dir stecken?"

Damals schwur sie sich, ein tüchtiges Mädchen zu werden; damals tauchte zum erstenmal der Gedanke in ihr auf, einen Beruf zu ergreifen, etwas zu werden, damit Eltern und Geschwister und auch Claus Gregor stolz auf sie sein konnten. Noch galt es freilich, ein Jahr auf der Schule zu bleiben, denn ohne die mittlere Reife war es schwer, einen Beruf zu finden, der ihr zusagte. Aber ein Jahr ging schnell dahin. Nur noch drei

Monate verblieben ihr, bis sie das Rotenburger Gymnasium mit der Versetzung nach Obersekunda verließ, um den ersten Schritt ins Leben zu wagen.

Hedi Sandler strich mit der Hand über die Stirn. Es war doch ein schwerwiegender Entschluß, dieser erste Schritt ins Leben! Was brachte ihr die Zukunft? – Welchen Beruf sollte sie ergreifen? – Sie war sich darüber noch nicht klar. Sie faßte Pläne, die sie bald wieder verwarf. Sie glaubte, daß ihr die Eltern oder der Oberförster Gregor zum bevorstehenden Weihnachtsfest raten würden. Sie hatte gehofft, endlich das Richtige zu finden. Aber die kluge Mutter meinte, jeder müsse selbst wissen, zu welchem Beruf es ihn triebe.

„Überlege gut und reiflich, mein liebes Kind", sagte der Vater. „Der Beruf ist keine Spielerei. Man muß seinen Beruf lieben, sonst kommt man nicht vorwärts und findet darin keine Befriedigung."

Nur noch drei Monate, dann verließ sie die Rotenburger Schule. Die Weihnachtsferien waren daher nicht wie sonst mit Spiel und Jubel ausgefüllt. Pucki saß oft bei den Eltern und sprach mit ihnen, um sich klar darüber zu werden, was sie als Lebensberuf wählen sollte.

Krankenschwester werden? – Claus war Arzt, er hatte ihr viel Schönes von den Schwestern erzählt, die mit größter Liebe pflegten. Zur Krankenpflege gehörte viel Geduld, und damit war es bei Pucki leider nicht gut bestellt. – Lehrerin? O nein, dann hätte sie das Schiller-Gymnasium weiter besuchen müssen. Sie war mit den Eltern einer Meinung, daß für sie die mittlere Reife genüge. Ihr standen ja auch so viele Berufe offen! – Kindergärtnerin? Kindergärtnerin war gewiß etwas Schönes. – Photographin? Auch sehr interessant! – Oder etwa eine Tätigkeit im kaufmännischen Beruf? Ach nein, da mußte sie von früh bis spät in einem verstaubten Büro sitzen. – Aber Gärtnerin oder ländliche Haushaltpflegerin oder gar Lehrerin an einer landwirtschaftlichen Haushaltschule, das wäre schon eher etwas. Das waren Berufe, da konnte sie tagsüber in Gottes freier Natur werken und schaffen.

„Oh, für solch einen Beruf hatte ich Lust und Neigung!"

Schnell näherten sich die Weihnachtsferien ihrem Ende. Pucki hatte noch immer keinen festen Entschluß gefaßt. Der Vater drängte zur Entscheidung.

„Wir wollen dich zum April irgendwo anmelden, Pucki, denn es hat keinen Zweck, daß du die Monate im Elternhause vertrödelst. Entscheide dich endlich."

„Ich will in Rotenburg mit meinen Freundinnen sprechen. Wenn ich an einem der nächsten Sonntage zurückkomme, werde ich wissen, was ich werden will."

Aber Pucki wußte es nicht. Sie hatte ein leises Bangen, wenn sie daran dachte, daß nun neue Jahre des Lernens beginnen sollten. Und dieses Lernen würde noch eifriger und gewissenhafter zu betreiben sein als bisher.

Förster Sandler und seine Frau erkannten gar bald, daß ihre siebzehnjährige Tochter noch nicht reif genug war, um solch einen schwerwiegenden Entschluß zu fassen.

„Daheim soll Pucki nicht bleiben", sagte Frau Sandler zu ihrem Mann, „Hedi muß hinaus in die Fremde. Es wird ihr gut tun, unter anderen Menschen zu leben. Ich würde vorschlagen, daß wir Pucki für ein Jahr als Haustochter in eine Familie geben, in der sie erst einmal lernt, was es heißt, Pflichten zu erfüllen und zu gehorchen. Pucki wird in diesem einen Jahr viel hinzulernen und sich dann für einen Beruf entschieden haben."

Förster Sandler war derselben Meinung. Wenn Pucki bis heute noch nicht wußte, was sie werden sollte, war es das Richtigste, ihr zum Überlegen noch eine Spanne Zeit zu lassen. Ein Jahr in einer Familie, in der es für Pucki allerlei Hausarbeit gab, würde gut und dienlich sein.

Als Pucki an einem der nächsten Sonntage wieder einmal von Rotenburg nach Birkenhain kam, machte ihr die Mutter den Vorschlag, eine Stelle in einer Familie anzunehmen, in der sie sich in der Hauswirtschaft ein wenig weiterbilden könnte.

„Ja, Mutti, das ist das Richtige! Ich bekomme einen Einblick ins Leben und werde sehen, ob ich mich für den Beruf einer Kindergärtnerin eigne. Vielleicht werde ich auch Köchin oder lerne sonst etwas. Ich werde schon im Leben zurechtkommen.“

„Denke es dir nicht zu leicht, mein Kind. Ein ganz neuer Abschnitt beginnt für dich. Dieser erste Schritt ins Leben stellt gar manche Anforderungen an dich. Gerade du, mein liebes Kind, wirst öfter die Zähne fest zusammenbeißen müssen. Mag die Stelle, die du antreten willst, noch so gut sein, du wirst trotzdem bald empfinden, daß fremdes Brot nicht so süß schmeckt wie das am Tisch im Elternhaus.“

Pucki streichelte die Wangen der Mutter.

„Gewiß, Mutti, ich habe es herrlich bei euch, bessere Eltern kann kein Kind haben! Aber es ist doch sehr schön und verlockend, für alles, was man tut, selbst die Verantwortung tragen zu dürfen. Manchmal war es ein wenig drückend, wenn Tante Grete sagte: Dies darfst du nicht, jenes darfst du nicht, das verbiete ich dir und so fort. Wenn ich erst bei anderen Leuten bin, so bin ich mein eigener Herr; wenn ich meine Pflichten erfülle, dann wird niemand ein Verbot aussprechen.“

„Mein liebes Mädchen, ich will dir gewiß nicht bange machen, aber du siehst alles falsch. Darum ist es gut, wenn du einmal in fremde Umgebung kommst. Ich hoffe, daß du brav und tapfer aushältst, auch wenn dir etwas nicht zusagt.“

So wurde an diesem Tage der Plan gefaßt, in den nächsten Wochen eine Anzeige aufzugeben und für Hedi eine Stelle in einem größeren Haushalt zu suchen, in dem sie sich betätigen könnte.

Pucki war voller Erwartung. Und als der März kam, als sie wieder nach Hause fuhr, hielt sie die drei Angebote, die auf die Anzeige eingelaufen waren, in ihren Händen.

Jubelnd schwenkte sie die Briefe! „Mutti, gleich drei Familien wollen mich haben, aber eine bekommt mich nur. Nun heißt es wählen. – Mutti, darf ich selbst die Entscheidung treffen?“

„Wir wollen zuvor alles genau prüfen, mein Kind.“

Es gab nichts Wichtigeres für Pucki, als die drei Briefe zu studieren. Ein Arzt schrieb aus Berlin, der eine Haushaltungshilfe brauchte. Er bot ein Taschengeld von monatlich fünfundzwanzig Mark.

„Herrlich, – ich gehe zu Doktor Heidenstamm – – aber – – Berlin – – Oh, das ist eine furchtbar große Stadt. Auf den Straßen stehen wenig Bäume, da ist kein Wald – – Nein, Berlin ist nichts für mich! Aber fünfundzwanzig Mark – und ein Arzt. Claus ist auch Arzt.“

„Lies noch die beiden anderen Angebote.“

Das zweite Schreiben kam von einem Gut. Frau Lohr brauchte eine Helferin, die sich auch um das Geflügel kümmerte. Sie hatte vier Kinder, und das junge Mädchen sollte auch eine gelähmte ältere Dame betreuen.

„Ein Gut ist etwas Schönes! – Hühner habe ich gern; vier Kinder sind auch nett, aber – eine gelähmte alte Frau möchte ich nicht betreuen. Ich glaube, da ist Berlin besser. Es könnte doch sein, daß der Arzt einen großen Garten hat. Man müßte einmal anfragen.“

Wortlos schob Frau Sandler der Tochter das dritte Schreiben zu.

„Aus Eisenach!“ rief Pucki begeistert. „Ich sehe die Wartburg vor mir, den herrlichen Thüringer Wald! – Mutti, ich gehe nach Eisenach!“

„Lies doch erst!“

Hier handelte es sich um die Stelle bei dem Kunsttischler Wallner. Frau Wallner schrieb, daß das Unternehmen ihres Mannes bedeutend sei. Er beschäftige etwa dreißig Leute. Sie betätige sich zeitweilig im Kontor und brauche für ihre drei Kinder von acht, sechs und vier Jahren ein junges Mädchen, denn dem Großvater sei der Trubel der Kinder zu groß. Die Kinder müßten in Ordnung gehalten werden. Christa gehe bereits zur Schule, Max komme Ostern hinein, und Moritz, der jüngste, wäre voll und ganz zu beaufsichtigen. Ein Taschengeld von zwanzig Mark sollte gezahlt werden.

„Mutti, diese Stelle ist wie für mich geschaffen! Eisenach, drei Kinder, ein geschäftliches Unternehmen, einfach herrlich! Dazu ein lieber, alter Großpapa, der sicher immer lustig ist. Wir gehen dann gemeinsam nach der Wartburg. Ich erzähle den Kindern die Geschichten von der Landgräfin Elisabeth. – Thüringen ist überhaupt ein Paradies! Mutti, die Würfel sind gefallen, ich gehe nach Eisenach."

„Zunächst dürfte noch mancherlei zu fragen sein, mein Kind."

„Ach nein, Mutti, ich fühle, daß diese Stelle die rechte ist. – Zwanzig Mark monatlich! Ich bekomme im Hause alles, was ich brauche. In einem Jahr habe ich mir also zweihundertvierzig Mark gespart. Oh, es wird wundervoll sein! Vielleicht bekomme ich zu Weihnachten und zum Geburtstag noch ein Geldgeschenk, so daß ich auf dreihundert Mark komme. Dafür mache ich dann die langersehnte Reise nach Italien, kann Rom sehen und zu den Ruinen gehen. Mutti, ich habe erst kürzlich gelesen, daß man mit dreihundert Mark auch den Vesuv sehen kann. Rom, Neapel, Venedig! – Mutti, ich darf doch fahren?"

„Aber Pucki, – du bist noch nicht einmal in Eisenach, hast noch nicht die ersten zwanzig Mark verdient und reist schon nach Rom. Du wirst bald sehen, daß man so manche Ausgaben hat – –"

„Nein, Mutti, Frau Wallner schreibt hier, ich habe alles frei. Ich spare bestimmt – na, sagen wir – – achtzehn Mark im Monat."

„Soll ich an Frau Wallner schreiben?"

„Ja! – Ich komme am ersten April – – Ach nein, Ostern möchte ich noch im Elternhause verbringen. Schreibe ihr, daß ich gleich nach Ostern kommen werde und schicke mein bestes Bild mit, damit sie mich kennenlernen."

Sehr zufrieden reiste Pucki zurück nach Rotenburg. Die Mutter sandte ihr schon wenige Tage später ein Schreiben aus Eisenach, in dem Frau Wallner alles Nähere über die Stelle mitteilte. Puckis Aufgaben beständen darin, das Kinderzimmer und die Sachen der drei Kinder in Ordnung zu halten. Außerdem hätte sie mit Christa und Max die Schulaufgaben zu erledigen und mit dem kleinen Moritz spazierenzugehen. Vor allem jedoch müsse sie sich mit Herrn Wallner, dem Vater des Kunsttischlers, gut stellen, der im Hause lebe und, das wolle sie nicht verhehlen, ein wenig schwierig zu behandeln sei.

Pucki lachte übermütig. „Mit alten Herren verstehe ich glänzend umzugehen, sie mögen mich immer gern leiden. Ich habe ja Beweise: Onkel Oberförster, der Schmanzbauer und andere! Mit dem Großpapa werde ich bestimmt gut fertig."

Daß sie das Kinderzimmer und die Sachen der drei Kinder in Ordnung halten mußte, war schon bedenklicher. Hedi räumte nicht gern auf, und Strümpfe stopfen war gar nicht ihre starke Seite. Da aber zwei Mädchen im Hause waren, würde es sich wohl einrichten lassen, daß eine beim Aufräumen half.

Pucki prahlte vor ihren Pensionsgenossinnen mit der Stelle, die sie annehmen würde.

„Ich bekomme ein fabelhaft großes Taschengeld, das ich mir glatt einstecken kann, denn alles wird für mich bezahlt. Ich gehe mit den Kindern spazieren, wir fahren wohl auch mitunter spazieren, denn Wallners haben sogar zwei Autos."

Daß der eine Wagen ein Lieferauto war, verschwieg Pucki.

„Kinder, – Eisenach! Diese Stadt ist ein Paradies! Ich habe mir einen Prospekt schicken lassen. Ich glaube, es ist die schönste Stadt Deutschlands und eine berühmte Stadt dazu! Wir werden auf die Wartburg in die Sängerhalle gehen, werden uns alles genau ansehen. Ich schicke euch Ansichtskarten."

Pucki wußte ihre Stelle in solch leuchtenden Farben zu malen, daß ihre Mitpensionärinnen, Carmen und Melitta, ein wenig neidisch wurden.

„Du hast immer Glück", sagte Melitta. „Ich besuche dich einmal. Du wirst dort sicherlich Gesellschaften mitmachen, wirst einen netten Thüringer kennenlernen und vielleicht heiraten. In Eisenach gibt es reizende Villen. Ich bin schon einmal dort gewesen. Wenn du dich in

Eisenach verheiratest, mußt du dir eine der Villen kaufen, die auf dem Wege zur Wartburg liegen."

„Natürlich mache ich das", sagte Pucki. „Doch erst fahre ich im nächsten Jahr nach Italien. Ich spare mir selber das Geld für diese Reise zusammen."

–

Frau Wallner verlangte einen selbstgeschriebenen Brief von Pucki. Noch war das letzte Wort nicht gesprochen worden, noch konnten beide Teile zurücktreten. Frau Wallner schrieb, sie erwarte von Fräulein Sandler eine schnelle Antwort, da sie noch ein anderes Angebot hätte. So schrieb Pucki denn sofort, daß sie sich sehr auf diese Stelle freue. Sie habe Kinder sehr gern, arbeite mit Begeisterung, und ältere Herren verstehe sie trefflich zu unterhalten. Sie habe auch sonst noch einige Talente, könne etwas Laute spielen, spreche ein wenig Französisch und Englisch und sei besonders in Literatur bewandert. Auch mit der Geschichte Eisenachs habe sie sich bereits eingehend befaßt, so daß ihr die neue Umgebung nicht mehr ganz fremd sei.

Unruhevoll erwartete sie eine Antwort. Sie kam:

> „Am Sonnabend vor Ostern müssen Sie spätestens bei mir eintreffen, denn gerade in den Osterfeiertagen, an denen eines der Mädchen beurlaubt ist, gibt es viel Arbeit."

Pucki blickte sehr lange auf das Briefblatt nieder. In den Feiertagen ruhte im Elternhaus jede unnötige Arbeit, denn Feiertage waren zum Feiern da. Man konnte doch unmöglich die neu angekommene Kraft sogleich mit Feiertagsarbeit überschütten.

„Wenn Frau Wallner wünscht, daß du schon vor Ostern antrittst, wirst du es tun müssen", sagte die Mutter, die Pucki in Rotenburg besuchte.

„Ich wollte doch noch die Osterfeiertage mit euch verleben."

„Die Schulzeit ist vorüber, mein Kind, ich sagte dir schon einmal, daß für dich ein neuer Lebensabschnitt beginnt. Deine Wünsche kommen von nun an nicht mehr in Betracht. Jetzt heißt es, sich nach anderen zu richten."

„Soll ich fahren?"

„Aber Pucki, – ich denke, du springst mit beiden Füßen in das neue Leben hinein? Jetzt, da es gilt, den ersten Schritt zu tun, zögerst du bereits?"

„Nein", erwiderte Pucki bestimmt, „ich werde selbstverständlich am Sonnabend vor Ostern nach Eisenach fahren und Ostern in meinem neuen Wirkungskreis feiern. Vielleicht ist es gut so. Vielleicht bekomme ich schon zu den großen Ferien acht Tage Urlaub. Ach, was werde ich alles zu erzählen haben, wenn ich wieder heimkomme!"

*

Schulschluß! Abschied von der Schule! Wie hatte Pucki jahrelang diesen Tag herbeigesehnt. Wie oft sprach sie davon, daß sie ein glücklicher Mensch sein würde, wenn sich das Schultor zum letzten Male hinter ihr schließen würde. – Nun stand sie im Kreise der Mitschülerinnen und hatte Mühe, die Tränen zurückzudrängen. Was würde ihr die Zukunft bringen? Sie beneidete heute Carmen und Melitta, die nach den Ferien wieder hier stehen würden, um das Gymnasium weiter zu besuchen.

Worte herzlichen Dankes kamen von ihren Lippen, als sie sich von ihren Lehrern verabschiedete, und ebenso herzlich war ihr Dank an Tante Grete, die das junge Mädchen sieben Jahre lang betreut hatte.

„Schau mit hellen Augen in die Zukunft, Pucki", sagte Tante Grete gütig. „Manches wird dir schwer werden, doch halte tapfer durch."

„Das tue ich!"

„Denke es dir nicht zu leicht, das Brot bei fremden Menschen zu essen, mein liebes Kind."

„Ich zwinge es schon, Tante Grete, ich habe den festen Willen – –!"

Dieselben Worte sagte Pucki auch zu Oberförster Gregor, als sie wieder im Elternhaus weilte. Der alte Herr faßte Puckis Hände und sah ihr fest in die Augen.

„Gerade dich, meine liebe Pucki, wird es manchmal Überwindung kosten. Man wird dir oftmals etwas sagen müssen, und du wirst manche Vorwürfe einstecken müssen, berechtigte und unberechtigte – –"

„Unberechtigte Vorwürfe, Onkel Oberförster?"

„Auch die, Pucki, ein jeder muß Lehrgeld zahlen. Du mußt schweigen lernen, mein liebes Kind."

„Wenn man im Recht ist, braucht man doch nicht zu schweigen, Onkel Oberförster."

„Dann wirst du nicht lange in deiner Stellung bleiben."

„Ein volles Jahr", klang es fest zurück. „Ich bleibe bis zum nächsten Osterfest bei Frau Wallner. Dann fahre ich für drei Wochen von meinem ersparten Gelde nach Italien, und dann werde ich Gärtnerin oder sonst etwas. Doch erst bleibe ich ein Jahr bei Wallners."

„Und wenn der alte Großpapa, der ein schwieriger Herr sein soll, dich besonders ärgert?"

„Kennst du ihn?"

„Nein, ich kenne ihn nicht, aber Frau Wallner macht in ihrem Brief besonders darauf aufmerksam. Das bedeutet, daß hier der sogenannte Teufelsfuß herausschaut. Halte die Ohren steif, Pucki, wirf den Kram nicht hin, wenn dir etwas nicht paßt!"

„Onkel Oberförster, ich denke nicht daran, das wirst du an mir nicht erleben. Und wenn es ganz dick kommt, wenn kein Lichtstrahl in das Dunkel meiner Stellung dringt, hebe ich den Kopf um so höher empor und sage: Zwölf Monate vergehen auch, ich bleibe, wo ich bin."

„Das ist brav gedacht, darüber freue ich mich herzlich, Pucki." – –

Die Mutter hatte die gleichen Befürchtungen. „Wirst du auch durchhalten, mein liebes Kind, und die Stelle nicht gleich kündigen, wenn dir etwas nicht paßt?“

„Ihr kennt mich nicht! Ich bleibe, selbst dann, wenn ich jeden Tag Strümpfe stopfen muß. Vielleicht läßt man mich Sonntags nicht spazierengehen, auch das werde ich ertragen. Dann gehe ich nach dem Abendbrot an die frische Luft. Nach dem Abendbrot bin ich mein freier Herr. Mutti, ich halte aus!“ – –

Ostern rückte immer näher. Puckis Sachen standen fertig gepackt da. Die beiden Schwestern, Waltraut und Agnes, schauten Pucki mit traurigen Augen an. Sie tat ihnen leid, daß sie fort von den Eltern, hin zu fremden Leuten, gehen mußte. Wieviel schöner wäre es gewesen, wenn die lustige Pucki im Forsthaus geblieben wäre.

Minna, die alte, treue Köchin, drückte Pucki oftmals an sich.

„Ach, Kindchen“, sagte sie innig, „wenn du es nur nicht gar zu schwer hast. Ich war freilich viel jünger als du, als ich meine erste Stelle antrat. Ich habe es nicht leicht gehabt, aber tapfer habe ich mich durchgebissen. Immer sagte ich mir: Du darfst den Eltern keinen Kummer machen! So habe ich ausgehalten.“

„Ich halte auch aus, Minna! Ich springe mit beiden Füßen frohgemut ins neue Leben hinein! Man sagt doch: Jeder ist seines Glückes Schmied, und wie man sich bettet, so schläft man.“

Am Karfreitag war Pucki sehr still, und als sie am Ostersonnabend an den Frühstückstisch kam, hatte sie dicke, rote Augen. Die Trennung vom Elternhaus wurde ihr doch nicht leicht. Trotzdem hielt sie sich tapfer und versuchte, ein fröhliches Gesicht zu machen.

„Gebt acht, ich kriege die ganze Gesellschaft unter! Mit dem alten Großpapa bin ich in acht Tagen gut befreundet. Oh, es wird herrlich sein!“

Um zehn Uhr wurde Pucki von Eltern und Geschwistern zur Bahn gebracht. Unterwegs plauderte sie lebhaft, denn sie wollte auch jetzt nicht zeigen, wie furchtbar schwer ihr der Abschied vom Elternhaus wurde.

„Vielleicht komme ich Pfingsten schon auf zwei Tage heim. Ich werde darüber mit Frau Wallner reden.“

An diesen Urlaub glaubte Pucki selber nicht, aber die Sommerferien schwebten ihr als Trost vor.

Noch ein leidenschaftliches Winken, dann führte der Zug das junge Mädchen davon.

Die ersten Enttäuschungen

Auf Puckis Knien lag der Reiseführer durch Thüringen. Entzückt blickte sie in die herrliche Landschaft, die sich ihren Blicken bot. Der Zug raste unermüdlich weiter durch Thüringen. Da war das schöne grüngebettete Erfurt, dann kam Gotha, von sanften Hügeln umschlossen, und nun ging es weiter, der Wartburgstadt Eisenach entgegen. Nicht mehr lange, dann war sie an Ort und Stelle.

Wieder schaute Pucki in den Reiseführer. Was würde sie im kommenden Jahr nicht alles zu sehen bekommen! In dem Buch waren unzählige Ausflüge genannt, die man von Eisenach aus unternehmen konnte: Durch das Marien- und Annatal, nach Ruhla, nach dem Hirschstein, zur Hohen Sonne, zum Königstein und nach vielen anderen Bergen. Ganz Thüringen würde sie sehen! In ihrem Reisehandbuch stand, daß Autofahrten nach den verschiedensten Orten gemacht wurden. Da Wallners ein eigenes Auto hatten, würde sie mit der Familie allsonntäglich einen der schönen Orte besuchen, an denen Thüringen so reich war.

Ob man sie mit dem Wagen abholte? Frau Wallner schrieb im letzten Brief genau, wie sie zu gehen hätte, um vom Bahnhof nach der Wohnung zu gelangen. Das deutete darauf, daß sie vielleicht nicht abgeholt werden würde. – Oder doch? Wallners besaßen ein Auto, und die neue Hausgenossin mußte man doch freundlich empfangen.

Da hielt der Zug in Eisenach! – Nun war es erreicht! Der neue Lebensabschnitt begann, die erste Stelle wurde angetreten, das erste Geld verdient. Was war das für ein herrliches Gefühl! Ein Monat war schnell vorbei, und sie konnte den ersten Zwanzigmarkschein im Himmelskästchen bergen. Der Grundstock für die Italienreise würde in Kürze gelegt sein.

Pucki blickte sich auf dem Bahnsteig suchend um. Langsam verliefen sich die Angekommenen. Doch niemand trat an sie heran und fragte nach ihrem Namen. Sie hob endlich den kleinen Handkoffer auf und ging durch die Sperre. In der Halle blieb sie abermals wartend stehen. Ein Mann trat an sie heran und fragte, ob er ihr den kleinen Koffer tragen solle, doch Pucki faßte das Gepäckstück um so fester. Die Mutter hatte ihr eingeschärft: Achte gut auf deine Sachen!

Der Koffer war nicht schwer, das große Gepäck war als Frachtgut gesandt worden. Trotzdem gab Pucki den Koffer auf dem Bahnhof ab und machte sich auf den Weg. Es war wirklich niemand gekommen, um sie abzuholen. Sie nahm den Brief von Frau Wallner aus dem Handtäschchen und las halblaut:

„Vom Bahnhof durch das Nikolaitor auf den Karlsplatz, dann rechts durch die Karlstraße auf den Marktplatz. Am Schloß vorbei, weiter zur Oberen Predigergasse über den Predigtplatz, dann links hinein."

Vergeblich suchten die Augen des jungen Mädchens die Wartburg. Sie war nirgends zu sehen. Halblaut vor sich hinmurmelnd setzte sie ihren Weg fort. Wenn doch jetzt die Mutter bei ihr wäre! Nicht, weil sie sich fürchtete, o nein, nur – – nur um – – Pucki wußte selbst nicht, aus welchem Grunde sie so sehnsüchtiges Verlangen nach Begleitung hatte.

Der Weg war ziemlich weit. Pucki schenkte den Sehenswürdigkeiten der Stadt kaum einen Blick. Dabei wußte sie aus dem Führer, daß die Nikolaikirche, das Lutherdenkmal und das Schloß eine eingehende Würdigung verdienten. Später würde sie alles genau besehen. – Wenn sie nur schon bei Wallners wäre und die erste Stunde hinter sich hätte!

Immer zögernder wurden ihre Schritte, doch endlich hatte sie das Haus erreicht. Über dem ganzen Gebäude mit der Toreinfahrt war ein riesiges Schild angebracht: „Kunsttischlerei Georg Wallner.“ Im Hof sah sie lange Schuppen; darin wurde gewiß tagsüber fleißig gearbeitet.

Sie betrat das Haus. Noch war niemand zu sehen. Zögernd schaute Pucki nach rechts und links. Ihr war das Weinen nahe. Warum kam niemand und begrüßte sie mit einem freundlichem Wort, mit einem Lächeln, wie es Tante Grete immer tat, wenn sie von den Ferien zurück nach Rotenburg kam?

Doch nun öffnete sich eine Tür. Ein junges Mädchen mit weißem Häubchen stand vor ihr.

„Sind Sie das neue Fräulein?“

„Ja.“

„Ich soll Sie sogleich in Ihr Zimmer führen. Frau Wallner ist noch beschäftigt.“

Es war eine große, geräumige Wohnung, die Wallners innehatten. Trotzdem empfand Pucki einen schmerzlichen Stich im Herzen, als sie sah, daß sie ihr Zimmer mit dem vierjährigen Moritz teilen mußte. Nicht einmal ihr eigenes Stübchen würde sie von nun an haben. Dabei war das Forsthaus Birkenhain viel kleiner als dieses Haus, das wahrscheinlich Wallners gehörte.

„Wo haben Sie Ihr Gepäck?“

„Auf der Bahn.“

„Haben Sie Ihre Adresse angegeben? Wird es hergebracht? Sonst kann es der Laufbursche holen.“

Ehe Pucki eine Antwort geben konnte, war das Hausmädchen wieder davongegangen. Da stand sie nun in dem großen Zimmer mit den zwei Betten. Hier würde sie das ganze nächste Jahr arbeiten, leben und – Geld verdienen. Pucki betrachtete die Möbel. Es war alles recht nett und freundlich eingerichtet; trotzdem strömte das Zimmer keine Behaglichkeit aus.

Pucki stand allein in dem Raum. Was sollte sie beginnen? Frau Wallner war beschäftigt. Man würde sie vielleicht später rufen. So setzte sie sich in einen der Korbstühle und blickte hinaus auf die Straße. Welch anderen Empfang hatte sie erwartet! Ganz allein und vergessen war sie hier. Minute auf Minute verrann, – niemand kam.

„Wenn ich wenigstens mein Gepäck hätte."

Schließlich verließ Pucki das Zimmer, um das Hausmädchen zu suchen und ihr den Gepäckschein auszuhändigen. Sie fand das Mädchen aber nicht und wagte auch nicht, eine der Türen zu öffnen. Und als sie merkte, daß ihr die Augen feucht wurden, eilte sie wieder in ihr Zimmer zurück und setzte sich stumm in den Stuhl am Fenster.

Endlich vernahm sie Kinderstimmen. Nebenan wurde es laut. Sie raffte sich auf und betrat das anstoßende Zimmer. Das also waren ihre Zöglinge! Die achtjährige Christa und die beiden Knaben Max und Moritz betrachteten Pucki mit neugierigen Blicken.

„Bist du die Neue?" fragte Max.

„Ja, ich bin gekommen, um euch sehr lieb zu haben."

„Das sagen alle", sagte Christa. „Die Vorige hat es auch gesagt, und dann ist sie bald wieder fortgegangen. Sie hat uns gar nicht lieb gehabt."

„Wir haben immerfort ein neues Fräulein", ergänzte Max.

„Alle gehen gleich wieder weg", piepste Moritz.

Hedi fühlte einen Stich in ihrer Brust. Sie dachte an die Worte Minnas und an die des Oberförsters. O nein, sie würde die Stelle nicht aufgeben. Sie wollte ausharren und sehr tapfer sein!

„Wo ist eure Mutter?" fragte Pucki.

„Mutter hat keine Zeit."

Pucki stellte noch die verschiedensten Fragen an die Kinder, aber sie antworteten nur zögernd. Nur Christa schien ein schnippisches Mädchen zu sein, das wohl keinen Respekt vor dem neuen Fräulein hatte.

Erst eine gute Stunde später kam das Mädchen wieder ins Zimmer und rief Pucki zu Frau Wallner. Herzklopfend folgte sie der Voranschreitenden. Ihr Herz pochte noch stärker, als sie vor einer stattlichen Frau stand, die das junge Mädchen durch eine Brille prüfend betrachtete.

„Ihre Aufgabe besteht vor allem darin, Fräulein Sandler", klang es geschäftsmäßig, „für Ordnung zu sorgen. Das letzte Fräulein hat diese Pflichten nicht erfüllt. Ich konnte sie daher nicht länger behalten. Wenn Sie sich willig zeigen, werden Sie es in meinem Hause recht gut haben. Daß allerlei Arbeit auf Sie wartet, wird Sie nicht in Erstaunen setzen; denn wir Menschen sind zum Arbeiten auf der Erde."

„Ich werde mir Mühe geben", stotterte Pucki.

„Sie sind reichlich jung, Fräulein Sandler. Sie werden also noch viel hinzulernen müssen. Sind Sie in der Lage, hin und wieder die Köchin zu vertreten?"

„Nein – –."

„Aber Maschine nähen können Sie doch? Sind Sie in der Lage, selbständig ein Kinderkleid anzufertigen?"

„Nein – –"

„Auch keinen Anzug für die kleinen Buben?"

„Nein – –"

„Das ist freilich schlimm. Ich denke, Sie werden alles bald lernen. – Können Sie plätten?"

„Ja, ich habe daheim öfters der Mutter geholfen."

„Glanzplätten?"

„Nein, das machte immer unsere Minna oder Mutter selbst."

„Ja, mein liebes Fräulein, eine Plätterin kann ich Ihnen nicht halten. Ich hoffe, Sie werden sich das alles bald annehmen. Hoffentlich gewinnen Sie bald die Liebe der Kinder! – Haben Sie sonst noch etwas auf dem Herzen?"

„Mein Handkoffer ist noch auf dem Bahnhof, der andere Koffer kommt als Fracht."

„Es wäre einfacher gewesen, Sie hätten den Koffer gleich mitgebracht. Hier sind die Leute stark beschäftigt. Einen Diener können Sie nicht verlangen. Vielleicht gehen Sie nach dem Abendessen nochmals zum Bahnhof und holen den Koffer. Oder ist er sehr schwer?"

„Nein, nein", stammelte Pucki fassungslos. Ihre Kehle war wie zugeschnürt. Dieser Frau gegenüber wagte sie keinen Einwand. Sie blickte gar zu streng durch die Brillengläser zu ihr herüber. Wie anders waren die Augen der Mutter oder die Tante Gretes.

„Beschäftigen Sie sich jetzt mit den Kindern. Um siebeneinhalb Uhr wird Abendbrot gegessen, dann werden die Kinder zu Bett gebracht. Sie haben allabendlich die Sachen der Kleinen nachzusehen und wieder in Ordnung zu bringen. Sie finden im Nähzimmer, das letzte im Flur links, allerlei Arbeit vor. Der große Korb, der dort steht, wartet bereits auf Sie."

Ehe Pucki zu den Kindern zurückkehrte, schlich sie ins Nähzimmer. Dort stand ein Korb, und darin lag ein Berg Kinderstrümpfe und Kleidchen, an denen manches zerrissen war. Pucki ließ einige Stücke durch die Finger gleiten, und wieder wurden ihre Augen feucht.

„Unsinn", sagte sie und warf den Kopf in den Nacken, „aller Anfang ist schwer. Wenn ich monatlich zwanzig Mark verdienen will, muß ich auch etwas dafür leisten. Der Inhalt des Korbes wird zusammenschrumpfen, denn ich habe ja den ganzen Tag über Zeit, und die Kinder werden mich lieb gewinnen. Wir werden zusammen spielen, nach der Wartburg gehen – – nach der Hohen Sonne, – – wir werden im Auto überall hinfahren – – Ja, so wird es sein! Pucki, sei tapfer!"

Mit dem Kleiderärmel wischte sie ein Tränlein aus dem Auge.

Beim Abendessen lernte Pucki den Kunsttischler und dessen Vater kennen. Das also war der gefürchtete alte Mann! Er hatte ein verkniffenes Gesicht, schneeweißes Haar und blickte aus funkelnden, lebhaften Augen fortgesetzt zu ihr hinüber.

„Er hat Finger wie eine Spinne", dachte Pucki. „Ich glaube, mit dem werde ich schwer fertig werden."

Als sie nun gar bemerkte, daß der alte Herr jedesmal, wenn sie zulangte, einen stechenden Blick auf sie warf, wurde ihr Unbehagen immer größer.

„Einen guten Appetit haben Sie mitgebracht", sagte der Großvater mit hohler Stimme. „Essen Sie immer so viel? Das ist für ein junges Mädchen ungesund."

Pucki erschrak. Freilich, sie hatte einen sehr gesunden Appetit. Niemand wehrte ihr, wenn sie abends vier dicke Brotscheiben verzehrte. Heute hatte sie erst drei genommen. Sie wagte nicht, noch einmal zuzulangen.

Kunsttischler Wallner sagte kaum ein Wort. Er machte den Eindruck, als denke er auch beim Essen über etwas nach, das ihn vollkommen in Anspruch nahm. Dagegen fand Frau Wallner mancherlei zu tadeln.

„Fräulein Sandler", begann sie schon wieder, „Sie müssen dafür sorgen, daß die Kinder von klein an bei Tisch gutes Benehmen zeigen. – Man stochert nicht so lange mit der Gabel im Essen herum, Max. Benimm dich anständig!"

„Hihi", näselte der Großvater, „das neue Fräulein scheint auch gern mit der Gabel zu stochern. Macht man das so im Forsthause?"

Puckis Hand schloß sich noch ein wenig fester um den Griff der Gabel. Was war der alte Mann für ein scheußlicher Mensch!

„Großvater, – du kannst wohl das neue Fräulein schon wieder nicht leiden?" fragte Christa.

„Wollen sehen, wollen sehen", klang es zurück.

Pucki saß wie auf Kohlen und ersehnte das Ende des Abendessens. Ein Zittern durchlief sie. Als sie Messer und Gabel auf den Teller legen wollte, rutschten beide hinunter und fielen klirrend zu Boden.

„Bei uns legt man Messer und Gabel auf den Teller", klang es wieder von den Lippen des alten Herrn.

Auch jetzt unterdrückte Pucki eine Antwort. Oberförster Gregor hatte gesagt, man müsse schweigen lernen, wenn man in Stellung sei.

„Ich ertrage es doch", murmelte sie viel später, als sie in ihrem Zimmer war und den kleinen Moritz zu Bett brachte. Das war keine leichte Aufgabe. Moritz sprang im Nachtanzug in Puckis Bett und bombardierte sie mit den Kissen. Aus dem Nebenzimmer kamen die beiden anderen Kinder gelaufen und begannen einen Höllenlärm.

„Seid meine guten Kinder und geht nun schlafen", sagte Pucki begütigend.

„Wir gehen noch lange nicht schlafen, wir schmeißen uns erst."

„Ich wünsche aber, daß ihr zu Bett geht." Pucki reckte sich so hoch auf, wie sie das bei einer Lehrerin gesehen hatte, wenn die Klasse gar zu laut geworden war.

Bums – flog ihr ein Kissen an den Kopf.

„Möchtet ihr nicht so gut sein, Kinder, und endlich Ruhe halten?"

Jetzt saßen die beiden Knaben in ihrem Bett und zerrten am Bettuch.

„Ich schenke jedem einen schönen Bonbon, wenn ihr gleich stille seid."

„Ach, Bonbons haben wir genug, die brauchen wir nicht von dir!"

„Soll ich euch ein Märchen erzählen?"

„Nein, wir wollen schmeißen!"

„Ihr sollt doch schlafen!"

Neuer Lärm brach los. – Eine Tür wurde geöffnet, der Kopf des Großvaters schaute ins Zimmer.

„Ja, was ist denn das? Die Kinder müssen zu Bett! Was soll der Lärm? Fräulein, Sie haben für Ordnung zu sorgen."

„Wir schmeißen sie, Großvater!"

„Geht endlich zu Bett!" rief Pucki böse.

„Hihihi", lachte der Weißhaarige. „Das kann ja gut werden! – Sie waren wohl noch nicht in Stellung?"

Wieder flog Pucki ein Kopfkissen an den Kopf. Es schien den Kindern unbändigen Spaß zu machen, die hilflose Hedi Sandler noch weiter zu ärgern. Sie lachten jedesmal schallend, wenn wieder ein Wurfgeschoß getroffen hatte.

„Was ist hier denn los?" Mit diesen Worten betrat Frau Wallner das Zimmer. „Habe ich euch nicht verboten, abends zu toben? Marsch, in die Betten!"

Christa und Max zogen sich sofort ins Nebenzimmer zurück, Moritz dagegen sprang wie wild in Puckis Bett umher. Kurz entschlossen faßte Frau Wallner ihren Jüngsten, versetzte ihm ein paar kräftige Schläge und warf ihn unsanft in sein Bett.

„Warum ereiferst du dich so sehr?" hüstelte der Großvater, „das ist doch Sache des neuen Fräuleins."

„Eigentlich ja", entgegnete Frau Wallner. „Sie müssen sich erst Respekt verschaffen, Fräulein Sandler. Ich sehe ein, daß Sie das am ersten Tage nicht erreichen können. Die Kinder sind wild. Sie brauchen kein so unglückliches Gesicht zu machen! Setzen Sie sich hier nieder, bis Moritz schläft. Sie können die Lampe abblenden und dabei eine Arbeit vornehmen."

„Ich wollte – noch rasch zur Bahn."

„Ja so, Sie müssen Ihre Sachen holen. Warten Sie, bis die Kinder schlafen, dann gehen Sie. Doch kommen Sie bald wieder zurück."

Frau Wallner und der Großvater verließen das Zimmer. Pucki lehnte sich gegen den Bettpfosten. Am liebsten hätte sie ihre Sachen gar nicht geholt, sondern wäre gleich morgen wieder zurück ins Elternhaus gefahren. – Warum mußte sie gerade diese Stelle wählen? Warum hatte sie sich nicht für Doktor Heidenstamm entschlossen oder für das Gut zu Frau Lohr?

„Aushalten! – Morgen wird alles anders sein!“ So tröstete sich Pucki. „Was hat mir Claus einstmals ins Album geschrieben? „Mit frohem Lachen läßt alles sich machen.“ – Ich halte aus!“

Gar bald schliefen die Kinder. Da eilte Pucki aus dem Haus und ging den Weg zum Bahnhof zurück, um ihren kleinen Koffer zu holen. Als er ihr ausgehändigt wurde, streichelte sie ihn zärtlich.

„Ein Stück aus der Heimat! Ach, du mein liebes Birkenhain! Wie gut haben es die Schwestern. Morgen ist Ostern, das Fest der Auferstehung. – Wie wird es morgen sein? Versteckt man hier auch Ostereier? Tollt man durch den Garten oder durchs Haus, um den Osterhasen zu finden?“

Pucki biß die Zähne fest zusammen. An daheim wollte sie nicht denken, sonst wurde ihr das Herz zu schwer. Viel lieber dachte sie an Claus, der gesagt hatte, sie solle tapfer sein, denn das Leben sei kein Spiel, sondern Kampf. Er war ja noch viel weiter von daheim fort und mußte sich auch durchbeißen. Morgen, am Ostersonntag, wollte sie ihm einen langen Brief schreiben und einen anderen an die Eltern, an Minna, an den Onkel Oberförster, an Rose Scheele, Thusnelda, Carmen und Hans Rogaten. –

Diese Briefe wurden nicht geschrieben. Die Zeit langte nur für eine kurze Karte an die Eltern. Wallners erwarteten Tischgäste, und Pucki mußte in der Küche helfen. Dann wurde der Tisch gedeckt, die Kinder wollten besorgt werden. Nachmittags gab es wieder Kaffee, es kamen noch einige Eisenacher Bekannte. Danach mußte Pucki dem Mädchen in der Küche beim Geschirrabtrocknen helfen. Zwischendurch quengelte der Großvater und machte spitze Bemerkungen.

„An diesen Ostersonntag werde ich denken, so lange ich lebe“, murmelte Pucki, als sie abends, wieder nach einer Bettschlacht, endlich auf ihrem Lager lag. Sie fühlte sich müde und zerschlagen; aber tapfer kämpfte sie die Sehnsucht nieder, die sie nach allem, was sie an daheim erinnerte, empfand.

Im Banne der Wartburg

Pucki knipste die Taschenlampe an. Sie blickte verängstigt zum Bett des kleinen Moritz hinüber, der mit ihr das Zimmer teilte. Er durfte von dem Lichtschein nicht erwachen, denn sonst meldete er morgen früh dem Großvater, daß das Fräulein mitten in der Nacht Licht gebrannt hätte. Es würde wieder eine Strafpredigt setzen, und das ertrug sie nicht. So wurde nur die Taschenlampe benutzt, bei deren Schein Pucki zu später Abendstunde hastig einige Eintragungen in ihr Tagebuch machen wollte.

„Heute habe ich wieder ganz heimlich geweint, weil ich nichts recht machen kann. Der Großpapa ...“

Pucki hielt im Schreiben inne. Ihr Blick war auf die vorhergehende Seite gefallen. Da stand zu lesen: „Heute habe ich furchtbar geweint, weil ich dem Großpapa nichts recht machen konnte.“

Wieder schlug sie eine Seite zurück. „Heimlich habe ich heute Tränen vergossen, weil der Großvater ...“

Energisch strich das junge Mädchen die für heute bestimmte Eintragung durch und begann von neuem: „Es ist furchtbar schwer, in einer Stellung bei drei unartigen Kindern auszuhalten. – Ob die Niepelschen Buben auch so unartig waren? Den Großvater kann ich gar nicht leiden! Aber ich tröste mich mit dem Wort:

> Wer nie sein Brot mit Tränen aß,
> Wer nie die kummervollen Nächte
> An seinem Bette weinend saß,
> Der kennt euch nicht, ihr himmlischen Mächte.“

Nun saß sie selbst beim Schein der Taschenlampe im Bett und bildete sich ein, daß dieser Vers für sie geschrieben wäre.

„Ich sitze auch in meinem Bett", murmelten die Lippen, „esse mein Brot mit Tränen und – und – –"

Pucki schluckte jämmerlich. In dem Kinderbettchen regte sich Moritz. Pucki knipste die Lampe sofort aus. Der Bengel durfte unter keinen Umständen erwachen, sonst lärmte er, weckte die anderen Kinder, und dann geschah es wieder wie vor acht Tagen, daß der Großvater im Schlafrock in ihrem Zimmer erschien und ärgerlich fragte, warum es mitten in der Nacht solchen Lärm gäbe.

Wenn sie sich sonst abends zu Bett legte, drehte sie sich auf die Seite und schlief schnell ein, selbst dann, wenn sie nicht so viel gearbeitet hatte wie in diesem Hause. Hier lag sie meist noch lange wach. Unter der Bettdecke befühlte Pucki ihre Hände. Zeige- und Mittelfinger waren stark zerstochen, der Daumen der linken Hand schmerzte. Den hatte ihr neulich beim Ringen Christa ein wenig verknaxt. Die Zehen des linken Fußes taten heute noch weh. Der Großvater war sehr böse geworden und hatte einen Stuhl energisch auf die Erde gestellt; leider nicht auf die Erde, sondern auf Puckis Fuß. Alles das wäre zu ertragen gewesen; aber daß ihr gar keine freie Zeit blieb, um einmal ausführlich an die Freundinnen zu schreiben, daß sie bald hier, bald da von der Arbeit gerufen wurde und gar nicht zur Besinnung kam, empfand sie recht schwer. – Das schlimmste aber war, daß sie, trotz aller Mühe, die sie sich gab, kaum etwas recht machte!

Pucki ließ die Gedanken zurückschweifen. In den ersten acht Tagen ihres Hierseins versengte sie zwei Hemden beim Plätten. Beim Ausbessern eines Kleides schnitt sie versehentlich in den Stoff. Das Strümpfestopfen wollte nicht recht von der Hand gehen. Ach, es war sehr schlimm! Der gräßliche Flickkorb wollte kein Ende nehmen, obwohl sie täglich davor saß und emsig arbeitete. Bei manchen Stücken wußte sie sich keinen Rat und ging verschüchtert zu Frau Wallner, um zu fragen, wie sie es machen sollte. Wohl bekam sie eine Auskunft, doch immer nur kurz und ein wenig spöttisch.

Pucki stieß einen unterdrückten Seufzer aus. Sie wollte durchhalten, wollte ein volles Jahr hier in Eisenach bei Wallners bleiben. Sie ließ sich nicht auslachen! Daheim sollte man nicht recht behalten, wenn behauptet worden war, daß sie in ihrer Stellung nicht lange bleiben würde. O nein, sie blieb, auch wenn der Wäschekorb niemals leer würde. Ein Jahr ging auch vorüber, ein Jahr mit seinen dreihundertfünfundsechzig Tagen mußte einmal ein Ende nehmen.

Dreihundertfünfundsechzig Tage! – Dreiunddreißig sind schon vorüber, bleiben noch dreihundertzweiunddreißig Tage. – Lieber Himmel, ist das noch lange!

Aber noch etwas anderes bedrückte Puckis Herz. Sie hatte zwar wenig Zeit, ausführliche Briefe an die Eltern zu schreiben, aber die Karten, die ins Elternhaus oder an die Freundinnen und Freunde wanderten, berichteten, daß es ihr gut ginge. Nur nicht schreiben, wie wenig nett sie hier behandelt wurde und was sie hier litt! Das törichte Mädchen bildete sich ein, in den Augen ihrer Bekannten zu sinken, wenn sie von der vielen Arbeit erfuhren, die es hier für sie zu leisten galt. Manchmal hätte Pucki freilich gern eine Klage eingeflochten, doch ließ das ihr falscher Stolz nicht zu. Hans Rogaten, der Schulfreund, wurde sogar richtig beschwindelt.

„Ich habe es wundervoll getroffen", schrieb sie ihm, „ich lerne die vielen Schönheiten Eisenachs kennen. Wenn ich dir so selten schreibe, liegt es daran, daß ich zu stark in Anspruch genommen bin. Ich habe ein Leben wie im Himmelreich!"

Hans Rogaten weilte aber nun seit einigen Wochen ganz in Puckis Nähe. Seine praktischen Jahre in der Apotheke zu Rotenburg waren beendet, nun studierte er in Jena. Ein heftiger Schreck war Pucki in die Glieder gefahren, als sie vor wenigen Tagen seinen Brief in Händen hielt, in dem er ihr meldete, an einem der nächsten Sonntage einmal nach Eisenach zu kommen, um mit ihr einen ganzen Tag lang spazieren zu gehen.

„Da Frau Wallner eine so nette Dame ist, wird sie dich gern für einen Tag beurlauben", hatte er geschrieben.

Nun bebte Pucki vor jedem Sonntag. Wie sollte sie vor Hans Rogaten bestehen, wenn er sie inmitten der vielen Arbeit fand? Sie bekam am Sonntag höchstens zwei Stunden Urlaub.

„Warum schwindle ich eigentlich?" fragte sie sich. „In meinem langen Leben habe ich es doch mehrmals erfahren, daß Lügen kurze Beine haben. Immer ging es schlimm aus, wenn ich Unrechtes tat, und es wird auch dieses Mal nicht anders sein."

Dennoch schrieb Pucki in ihrer Herzensangst eine neue Unwahrheit. „Lieber Hans! Nächsten Sonntag darfst du nicht kommen, denn da sind wir alle zu einer Gesellschaft geladen. Am übernächsten Sonntag mache ich mit Wallners eine Autofahrt. Ich gebe dir Bescheid, wenn ich frei bin."

Für die nächsten vierzehn Tage war die Gefahr damit abgewandt. Aber ob es möglich war, Hans Rogaten ein ganzes Jahr von Eisenach fernzuhalten?

Im Himmelskästchen lagen mehrere Silbermünzen. Es war der Anfang für die Italienreise. Wenn Pucki daran dachte, gab es wieder einen Grund, aus tiefstem Herzen aufzuseufzen. Zehn Mark waren ihr am ersten Mai ausgehändigt worden. Wenige Tage später sagte der Großvater, indem er auf ihre Schuhe wies: „Mit schiefen Absätzen läuft kein junges Mädchen herum. Sie tragen die Schuhe heute noch zum Schuhmacher. Durch solch liederliches Aussehen geben Sie den Kindern ein schlechtes Beispiel."

Zwei Tage später feierte Christa ihren neunten Geburtstag. Auch hier hatte der Großvater erklärt, es sei wohl angebracht, daß Fräulein Sandler dem Kind eine Kleinigkeit schenke. Und ehe sich Pucki dazu entschloß, brachte er ihr einen Federkasten mit, für den er fünfundachtzig Pfennige von ihr verlangte. – So waren die beiden Fünfmarkstücke recht beträchtlich zusammengeschrumpft, und dabei war es erst Mitte Mai.

Noch etwas anderes vermißte das junge Mädchen schmerzlich. Als man sie zum ersten Male „Fräulein" Sandler nannte, fühlte sie sich sehr stolz und gehoben. Jetzt war ihr diese Anrede geradezu verhaßt. „Fräulein Sandler" oder gar nur „Fräulein" klang es aus allen Räumen. Nicht zärtlich und nicht herzlich, nein, befehlend oder ärgerlich! Ach, wenn sie nur ein einziges Mal in jeder Woche Pucki gerufen würde, wenn dieser Kosename nur ein einziges Mal von irgendwelchen Lippen käme! Aber hier, in diesem Hause mit der vielen Arbeit war und blieb sie Fräulein Sandler.

Noch dreihundertzweiunddreißig Tage! Mit diesem Gedanken schlief Pucki am heutigen Abend ein.

Am nächsten Sonntag fiel in Puckis Herzensdunkel ein heller Schein.

„Christa ist ein vernünftiges Mädchen", begann Frau Wallner beim Frühstück. „Sie werden heute nachmittag mit den Kindern einen Spaziergang zur Wartburg machen. Gegen eine flüchtige Besichtigung der Burg habe ich nichts einzuwenden. Den drei Kindern ist das nichts Neues, doch Sie kennen die schöne Burg ja noch nicht. – Ich lege Ihnen die Kleinen ans Herz."

Zur Wartburg! – Puckis Augen strahlten wie zwei Sterne. Endlich erfüllte sich ihr heißer Wunsch! Zur Wartburg! – In ihrem Reisehandbuch stand so viel über diese historische Burg geschrieben. Wie oft hatte sie darin studiert!

„Willst du wirklich das Fräulein mit den Kindern nach der Burg schicken?" meckerte der Großvater. „Ist es nicht gewagt?"

„Wieso, Vater?"

„Die Kinder bleiben sich selbst überlassen. Ich glaube, Fräulein Sandler wird nicht viel Sinn für ihre Pflichten haben, sie wird lieber die Burg ansehen."

„Ich kenne meine Pflichten", sagte Pucki und warf den Kopf stolz in den Nacken.

„Wir essen schon um zwölf Uhr, weil wir eine Autofahrt machen, und sind gegen sieben Uhr zurück. Sie kommen mit den Kindern gegen sechs Uhr heim. Die Kleinen können im „Gasthaus für fröhliche Leute", das dicht bei der Wartburg liegt, Kaffee trinken. Ich gebe Christa Geld mit."

Pucki biß sich auf die Lippen. Sie würde nicht Kaffee trinken, wenn man ihn ihr nicht bezahlte. Sie durfte die Aussichten auf die Italienreise unmöglich noch verringern. Oh, es ging auch ohne Nachmittagskaffee! Sie würde keinen Hunger und keinen Durst fühlen, wenn sie in der schönen, ehrwürdigen Burg den Sängersaal, die Elisabeth-Kemenate, den Festsaal, die Rüstkammer, den neuen großen Saal, das Eseltreiberstübchen und alles andere betrachtete. Vergessen war der große Flickkorb, der ständig nörgelnde Großpapa. Es winkte ihr ein Ausflug zur Wartburg!

Beim Mittagessen war Pucki so aufgeregt, daß sie kaum die Speisen herunterbringen konnte. Was würde ihr der heutige Tag Schönes bringen?

„Ich kenne den Weg zur Burg", sagte Christa, „ich führe euch."

Pucki war mit allem einverstanden. Nur recht schnell fort, hinauf zu der herrlichen Burg!

Sie begrüßte es hocherfreut, daß die drei Kinder voranschritten und mit sich genug zu tun hatten. So konnte sie ihren eigenen Gedanken nachhängen und von Zeit zu Zeit einen Blick in ihren Wartburgführer werfen. Jetzt ging es steil bergan. Pucki fragte einige Spaziergänger nach der Villa, in der Fritz Reuter einst lebte und die man ihr bereitwilligst zeigte. Bald gelangte man in den Wald, kam zur Wartburgchaussee, dann ging es auf schmalem Fußweg zur Burg hinan.

Pucki blieb stehen. Der herrliche Bau überwältigte sie! Die Kinder riefen nach ihr, sie mußte weiter, doch ihre Augen ließen die ehrwürdige Burg nicht mehr los. Dort die Zugbrücke, der Torturm, das Ritterhaus und dann das große Schloß! Pucki war glücklich und froh! Wieviel hatte sie über das alte Bauwerk gehört und gelernt! Nun wurde ihr das große Glück zuteil, die Wartburg zu sehen.

„Wart Berg, du sollst mir eine Burg werden!" So hatte Ludwig der Bärtige einst gesprochen und die Burg bauen lassen. Auf dem Wartburgfelsen wurde das wundervolle Bauwerk gegen Mitte des 11. Jahrhunderts errichtet.

„Wir wollen Kaffee trinken“, drängelte Christa, „wir wollen die Burg nicht sehen. Wir waren schon so oft hier!“

„Liebe Kinder“, begann Pucki und legte alle Zärtlichkeit in ihre Worte, „wollt ihr mir eine große Freude machen und erst mit mir durch die Burg gehen? Wir laufen ganz rasch durch die Räume, dann bekommt ihr Kaffee.“

„Wir wollen nicht“, klang es dreistimmig zurück.

„Nur eine halbe Stunde, bitte, bitte!“

„Was schenkst du mir, wenn ich mitgehe?“ fragte Christa.

Einige Sekunden dachte Pucki an die Italienreise, dann sagte sie kleinlaut: „Du darfst nachher noch ein Stückchen Kuchen essen, das kaufe ich dir.“

„Ich will auch Kuchen“, rief Max.

„Und ich Schokolade!“

„Ich will auch Schokolade“, rief Christa, „Schokolade und Kuchen.“

„Man darf nicht so unbescheiden sein. Ihr bekommt jeder ein Stück Kuchen. So, nun wollen wir in die Burg gehen.“

„Nein, ich will Schokolade und Kuchen“, sagte Christa. „Erst mußt du uns Schokolade kaufen, sonst gehen wir nicht mit dir in die Burg.“

Mit einer Tafel Schokolade waren die Kinder jedoch nicht zufrieden. Jedes wollte eine Tafel haben, und mit Entsetzen stellte Pucki fest, daß es in diesem Gasthaus nur Tafeln zu fünfzig Pfennig gab.

„Fahr' wohl, Gondelfahrt auf dem Canale Grande in Venedig, fahre ewig wohl! Doch ich muß die Wartburg sehen.“

Jedes Kind erhielt eine ganze Tafel Schokolade. Dann schlossen sie sich einer Führung an, die eben angetreten wurde. Schon als man über die Zugbrücke schritt, war es Pucki, als wehe hier eine andere Luft. Sie stand ja auf historischem Boden.

Zuerst betraten sie die herrliche Kapelle mit der alten Kanzel und den kostbaren Malereien der Fenster. Weiter ging es durch die Elisabethen-Galerie zum großen Sängersaal. Hier hatte einst Tannhäuser gestanden, hier war der Sängerwettstreit ausgefochten worden. Das große Bild an der Wand rief alles einst Gelernte in Puckis Gedächtnis zurück. An der Nordwand war die Sängerlaube, in der die Minnesänger gesessen haben sollten. Pucki vergaß, daß neben ihr sechs ungeduldige Kinderfüße trippelten. Sie hätte die Weiterschreitenden zurückhalten mögen. Nur nicht eilen! In diesem Sängersaal gab es doch so viel zu sehen. Aber sie mußte den anderen folgen, hin zum Landgrafensaal mit seinen herrlichen Wandgemälden: „Landgraf, werde hart!" Und hier, an der Südwand die große Inschrift: „Wart Berg, du sollst mir eine Burg werden!"

Über die Wendeltreppe ging es in den Festsaal. Pucki wußte aus der Geschichtsstunde, daß dieser Raum in der Mitte des 19. Jahrhunderts mit unerhörtem Aufwand an Kunst und Pracht neu hergerichtet worden war. Noch nie hatte sie etwas so künstlerisch Vollendetes gesehen. Die Schnitzereien, die Balustraden, die Kamine, vor allem die Gemälde wirkten geradezu überwältigend. Wieder ging man weiter. Da war die Rüstkammer, die Lutherstube, der Raum, in dem Martin Luther zehn Monate weilen mußte. Und nun betrat sie die kleine Elisabethkemenate, ein Prunkgemach, ganz mit Glasmosaik ausgelegt. Alles, was Pucki hier sah, entzückte sie. Man mußte sie anrufen, weil sie versonnen stehen blieb. Bald hierhin, bald dorthin schweiften ihre Blicke. Stundenlang hätte sie verweilen mögen.

Plötzlich sah sie sich allein. Sie erwachte wie aus tiefem Traum. Nun rasch hinaus! Die Kinder waren wohl mit den anderen Besuchern weitergegangen. Die Gruppe der Besucher stand unten im Burghof. Dort fand sie auch ihre drei Kinder. Aber wie sah Moritz aus? Sein Gesicht war mit Schokolade beschmutzt, und auf dem Anzug zeigten sich deutlich Spuren seiner unsauberen Finger. Christa und Max lachten laut. Pucki blieb nichts anderes übrig, als mit dem kleinen Knaben in die Gastwirtschaft zu gehen und ihn zu säubern. Dort mußte sie natürlich

Kaffee trinken; so ging wieder etwas von dem Geld der Italienreise verloren.

Noch immer weilten Puckis Gedanken in der Wartburg. Gar zu gern wäre sie noch einmal hineingegangen. Sie hatte viel zu flüchtig all das Schöne ansehen müssen. Außerdem waren die Tore und der kleine Bau an der Westmauer noch nicht besichtigt worden. Es gab noch so viel zu sehen.

„Ihr seid gewiß recht müde. Wollt ihr hier noch ein Weilchen artig sitzen bleiben? Ich möchte rasch noch einmal hinüber zur Zugbrücke gehen."

„Dort drüben ist Onkel Wildermann", rief Christa, und schon eilte sie auf einen Tisch zu, an dem eine größere Familie saß. Die beiden Knaben stürmten hinterher. Pucki hörte, wie der ältliche Herr für die Kinder je ein Glas Zitronenlimonade bestellte.

„Der Himmel schickte mir diesen Onkel", dachte Pucki erleichtert. „Die Kinder sind in bester Hut. Nun rasch noch einmal zurück in den Sängersaal! Rasch noch einmal stehen und staunen! Ich will mich ganz in die Vergangenheit versenken. – Dich teure Halle grüß' ich wieder, froh grüß' ich dich, geliebter Raum!"

Sie bezahlte mit schwerem Herzen den Kaffee, dann eilte sie davon. Sie hatte Glück, denn abermals konnte sie sich einer Führung anschließen. Sie wollte sich im Sängersaal länger aufhalten; sie brauchte ja nur hinter einer der Säulen stehen zu bleiben. Stehen und staunen!

Hier vergaß sie in ihrer himmelstürmenden Begeisterung alles um sich her, bis sie einer der Wartburgwächter mahnte, daß der Saal nun geschlossen würde. Aber auch jetzt ging Pucki noch nicht. Hundert Fragen brannten ihr auf dem Herzen, und bereitwilligst gab der alte, weißhaarige Aufseher Auskunft. Er öffnete ihr sogar mit dem großen Schlüsselbund noch einige Nebenräume, die sonst bei der kleinen Führung nicht gezeigt wurden. Das Glück, das aus den Augen des jungen Mädchens strahlte, machten dem alten Manne Freude. So verging wieder ein halbes Stündchen.

Im Hof der Vorburg stand man lange vor dem Wartburgbrunnen. Der Wächter zeigte Pucki noch die in Efeu gehüllte Lutherlaube.

„Haben Sie abends schon einmal die Beleuchtung der Burg gesehen?" fragte er freundlich. „Am nächsten Sonntag findet sie wieder statt."

„Wie schön, wie wunderschön ist alles! Ach, nur glückliche Menschen können hier gelebt haben."

„Na, na", lachte der Alte, „wenn ich Ihnen das Turmverlies zeige, in dem der Wiedertäufer Fritz Erbe acht Jahre lang schmachtete, würden Sie anderer Meinung sein. Wenn Sie Lust haben, Fräulein, zeige ich Ihnen noch, wie Sie auf dem Tugendpfade zum Minnegärtchen kommen können."

Tugendpfad? Was hatte der Großpapa beim Fortgehen gesagt? „Bei den vielen Untugenden, die Fräulein Sandler hat, wird sie uns auch die Kinder nicht ordnungsmäßig zurückbringen."

„Nein, danke, ich muß fort!"

„Wollen Sie nicht zum Tugendpfade gehen?"

„Nein", sagte Pucki erblassend, „das ist nichts für mich, ich muß rasch fort."

Klapperte der Alte absichtlich so sehr mit dem Schlüsselbund? Gab man einem Führer nicht stets ein Trinkgeld?

Schüchtern reichte sie dem alten Manne fünfzig Pfennig. Wieder war etwas von ihrem Gelde dahin! Dann wandte sie sich nach rückwärts und lief hinein in den Vorhof.

„Nein, Fräulein, die Burg ist schon geschlossen."

„Ich möchte doch zum „Gasthaus für fröhliche Leute"."

„Hierherum geht der Weg."

Atemlos kam Pucki auf dem Platz an. Es saßen noch einige Leute dort, doch der Tisch, an dem Onkel Wildermann gesessen hatte, war jetzt von anderen Leuten besetzt.

„Die Kinder, wo sind die Kinder?" Pucki rief eine der Kellnerinnen an. Die wußte nichts. Eine andere gab Auskunft, daß der ganze Tisch schon vor einer guten Viertelstunde aufgebrochen sei. „Mit den drei Kindern?" fragte Pucki.

„Jawohl."

„Wo sind sie gegangen?"

„Wie kann ich das wissen", klang es kurz zurück.

Pucki stand ratlos da. Vier Wege führten von der Wartburg hinab nach Eisenach. Das wußte sie aus dem Reisebuch. Welchen Weg waren die Kinder gegangen? Wahrscheinlich denselben, den sie hinaufgekommen waren, den kürzesten und steilsten. – Ob die dicke Dame, die neben Herrn Wildermann gesessen hatte, diesen beschwerlichen Weg gewählt hatte? – Sicherlich nicht! Verängstigt fragte Pucki, welcher Weg der bequemste wäre, den alte Herrschaften am meisten benutzten. Ein freundlicher Herr wies sie zurecht. Pucki setzte sich in Laufschritt. Etwa fünf Minuten von der Burg entfernt rief sie laut Christas Namen.

„Juhu – juhu!" tönte es aus dem Wald zurück.

Sie stürmte weiter. Bald hatte sie einen Trupp Spaziergänger eingeholt. Leider war es nicht jener Herr mit den Wallnerschen Kindern.

Ihre Aufregung vergrößerte sich von Minute zu Minute.

„Haben Sie keine älteren Leute mit drei kleinen Kindern gesehen?" klang es ängstlich.

„Nein."

Vielleicht waren sie die breite Fahrstraße gegangen. Also rasch wieder hinauf und im Laufschritt hinüber zur Fahrstraße. Sie überholte einen Trupp Spaziergänger nach dem anderen, doch die Gesuchten fand sie nicht. Das Herz schlug wie ein Hammer in ihrer Brust. Der Fahrweg führte in großem Bogen um den Burgberg herum: über eine halbe Stunde mußte sie laufen, um hinunter nach Eisenach zu kommen. Wallners waren gewiß längst von ihrem Ausflug zurückgekehrt. Ihre Armbanduhr zeigte dreißig Minuten nach sechs.

„Ach, warum ließ ich mich verführen, den Sängersaal noch einmal zu besehen? Was werde ich nun anhören müssen? Dabei haben sie recht, wenn sie mich schelten, denn ich bin eine pflichtvergessene Person!"

Atemlos vom raschen Lauf erreichte Hedi Sandler das Haus des Kunsttischlers. Als sie klingelte, öffnete der Großpapa.

„Na, Sie pflichtvergessenes Mädchen!"

Am liebsten wäre Pucki in die Erde gesunken, denn heute hatte der alte Herr recht. Sie war schuldig!

„Entschuldigen Sie", stammelte Pucki niedergeschlagen, „aber die Wartburg war so schön. – Sind die Kinder hier?"

„Kommen Sie erst mal herein! Meine Schwiegertochter wartet auf Sie."

Pucki hörte das Lärmen der Kinder. Das erleichterte ihr Herz. Trotzdem zitterte sie vor Bangen, als sie vom Großvater ins Wohnzimmer geschoben wurde, in dem Frau Wallner mit den Kindern weilte.

„Hier bringe ich dir das Fräulein. Die Wartburg war so schön, daß sie auf die Kinder nicht achtgeben konnte. Ich habe es dir schon gleich gesagt, Berta: Mit dem Fräulein kannst du die Kinder nicht fortschicken."

„Entschuldigen Sie", stammelte Pucki abermals.

Frau Wallner ließ das junge Mädchen nicht zu Worte kommen. Die bittersten Vorwürfe hagelten auf Pucki hernieder. Endlich schloß die erregte Mutter mit den Worten: „Ich hatte geglaubt, ein zuverlässiges junges Mädchen ins Haus zu nehmen; aber Sie haben mich bisher nach jeder Richtung hin enttäuscht, Fräulein Sandler. Ich wollte Ihnen mit dem Besuch der Wartburg eine Freude machen, doch Sie haben meine Güte schlecht gelohnt. Wenn Sie sich in Zukunft nicht bessern, wenn Sie auch weiterhin den Ihnen anvertrauten Kleinen nicht die nötige Sorgfalt widmen, müssen wir uns trennen."

„So etwas können wir nicht brauchen", setzte der Großvater hinzu.

Man ließ Pucki gehen. Es war der erste Abend, an dem man ihr die Kinder nicht überließ. Zu anderen Zeiten wäre sie vielleicht recht froh darüber gewesen. Heute aber saß sie in ihrem Zimmer und fühlte sich todunglücklich.

„Müssen wir uns trennen." Diese Worte stachen Pucki ins Herz. Ein ganzes Jahr wollte sie hier aushalten! Ein Jahr mußte sie aushalten!

Ins Tagebuch machte sie drei schwarze Kreuze.

Gekündigt

Der alte Herr Wallner betrat Puckis Zimmer. Sie saß am Fenster, stopfte Strümpfe und blickte nur flüchtig auf.

„Waren Sie an meinen Zigarren?"

„Ich?" fragte Pucki entrüstet zurück.

„Heute vormittag waren siebzehn Stück in der Kiste, jetzt sind nur noch sechzehn darin. Ich weiß, was ich an Zigarren habe. Ich zähle sie täglich genau durch. Wenn man fremde Leute im Hause hat, muß man vorsichtig sein."

„Das ist eine Verdächtigung, Herr Wallner."

„Ich frage Sie nur, ob Sie eine Zigarre genommen haben."

„Nein."

„Sie könnten in einem freundlicheren Ton antworten, Fräulein Sandler. Es gehört sich nicht, alten Leuten gegenüber so schnippisch zu sein."

Pucki zog energisch den schwarzen Faden durch das Loch im Strumpf.

„Sie haben heute früh in meinem Zimmer Staub gewischt. Auf die Köchin kann ich mich verlassen, sie ist ehrlich."

„Haben Sie Beweise, daß ich unehrlich bin?"

„Aber unzuverlässig."

Pucki biß die Zähne zusammen und sagte nichts.

„Wo ist die siebzehnte Zigarre hingekommen?“

„Das weiß ich nicht.“

„Waren Sie heute in meinem Zimmer?“

„Jawohl, Herr Wallner. Sie wissen, daß ich täglich dort Staub wische.“

„Haben Sie auch auf dem Zigarrenschrank Staub gewischt?“

„Ja, ich habe sogar die Zigarrenkiste abgestaubt.“

„Wo ist also die siebzehnte Zigarre?“

Pucki war dem Weinen nahe. Der Großvater mit seinen ständigen Nörgeleien peinigte sie bis aufs Blut. Trotzdem schwieg sie, denn sie wußte, daß ihre Antwort nicht mehr freundlich ausfallen würde.

„Ihr Aussehen bestätigt meinen Verdacht“, klang es wieder an ihr Ohr. „Ich verbiete Ihnen, künftig eine Zigarre aus der Kiste zu nehmen. Sie sparen sie wohl als Geburtstagsgeschenk für den Papa?“

Pucki dachte an Claus, an Oberförster Gregor, an Minna. Sie alle meinten, es sei nicht leicht, fremder Leute Brot zu essen. Auch die scheltenden Worte über ihren Ausflug nach der Wartburg klangen ihr noch immer im Ohr.

Der Großvater verließ murmelnd das Zimmer. Nach dem Nachmittagskaffee, als Pucki Christa und Max bei den Schulaufgaben helfen wollte, bemerkte sie Tabakreste in der Schulmappe des Knaben.

„Was ist denn das, Max?“

Der Angeredete lachte.

„Er hat dem Großvater eine Zigarre genommen“, sagte Christa.

Eine Strafpredigt ergoß sich über Max, die damit schloß: „Jetzt gehst du sofort zum Großpapa und sagst ihm, daß du die Zigarre genommen hast; er sucht sie!“

Max ließ die Brösel durch die Finger gleiten. „Ich gehe nicht, er schlägt mich sonst.“

Pucki überlegte. Wenn sie dem alten Herrn Wallner die Unart des Enkels mitteilte, zog sie sich den Zorn des Knaben zu. Wenn sie schwieg, blieb auf ihr der Verdacht sitzen, die Zigarre genommen zu haben. Sie war pädagogisch noch viel zu unerfahren, um zu wissen, wie sie sich bei derartigen Vorfällen zu verhalten hätte. So schüttete sie schweigend den Tabak aus der Mappe und ging mit dem Papier, auf dem die Brösel lagen, hinaus in die Küche, um alles in die Asche zu werfen.

In der Küche stand der Großpapa am Herd. Er untersuchte den Kaffeetopf und schalt die Köchin, daß sie zu viele Bohnen genommen hätte. Als er Pucki kommen sah, blickte er auf. Angstvoll verbarg das junge Mädchen das zusammengefaltete Papierblatt auf dem Rücken.

„Was verstecken Sie da?" krächzte der Großvater.

Pucki tat das Dümmste, was man in solch einem Falle tun konnte. Sie lief wieder aus der Küche heraus, zurück in ihr Zimmer, zog die Kommodenschublade auf und legte den eingepackten Tabak hinein. Noch war die Schublade nicht zugeschoben, da stand Herr Wallner schon an ihrer Seite.

„Was ist das?"

Pucki gab den Kampf auf. „Ihre Zigarre, Ihre zerbrochene Zigarre!"

„Das ist ja unerhört! Das ist mir in meinem ganzen Leben noch nicht vorgekommen! – Na, Sie sind eine Nette!"

„Ich habe – –"

„Jetzt rede ich, und Sie schweigen. – Wissen Sie, wie man so etwas nennt – –?"

„Ich habe – –"

„Sie sind still!" Der Großvater stampfte mit dem Fuße auf und schien Pucki mit seinen Blicken durchbohren zu wollen.

„Meinen Sie, ich rauche Ihre Zigarren?"

Obwohl ihr der alte Herr aufs neue das Wort verbot und lauter und immer lauter seine Vorwürfe ertönen ließ, schwieg Pucki nicht. Auch ihre

Stimme wurde allmählich zum Geschrei. Die Köchin stand in der Küche und lachte verstohlen. Sie konnte kein Wort verstehen. Zwei erregte Menschen standen sich gegenüber und schrien sich an.

Christa und Max kamen in die Küche gelaufen. Auch sie lauschten dem Wortschwall.

„Fräulein Sandler!“ Die beiden Schreienden wurden von Frau Wallners Stimme übertönt.

Da war es plötzlich ganz still geworden.

„Mutter, sie hat den Großvater angebrüllt“, lachte Max.

„Was heißt das, Fräulein Sandler? Kommen Sie sofort in mein Zimmer.“

Vor Frau Wallner konnte Pucki sich endlich rechtfertigen. Trotzdem erhielt sie einen ernsten Verweis.

„Es ist unschicklich und ungebührlich, derart mit einem alten Herrn zu reden. Das müßten Sie eigentlich wissen. Aber leider haben Sie wenig Lebensart. Sie müssen dafür sorgen, daß Sie den Kindern ein besseres Beispiel geben. Ich bin mit Ihnen gar nicht zufrieden.“

Schweigend kehrte Pucki zu ihrem Arbeitskorb zurück. Die Strümpfe, die sie heute stopfte, waren keine Glanzleistung. Häufig klopfte sie mit der Schere auf den gestopften Stellen herum, um ihnen ein wenig Ansehen zu geben. Und jetzt schleuderte sie einen ausgebesserten Strumpf wütend in den Korb zurück.

„Vielleicht kommt der alte Mann wieder herein und kontrolliert die Stopfstellen. – Ach, es ist furchtbar schwer, fremdes Brot zu essen!“

Gegen sechs Uhr sollte Pucki einen kurzen Spaziergang mit den Kindern machen. Beim Verlassen der Wohnung rief der Großvater aus dem Fenster:

„Sie sollen nur eine Stunde fortbleiben! Gehen Sie nicht wieder zur Wartburg. Haben Sie acht auf die Kinder!“

Und dann geschah doch das Entsetzliche. Wie es kam, wußte Pucki selber nicht. Als man die breite Treppe, die vom Schloßplatz hinauf zu den Anlagen führt, wieder herabging, faßte Pucki den kleinen Moritz fest an der Hand und rief dem älteren Knaben zu:

„Gib gut acht, Max, daß du nicht fällst.“ Doch da lag er schon und rutschte die letzten drei Steinstufen hinab. Nase und Kinn bluteten. Er weinte laut.

„Wir wollen nach Hause gehen“, weinte nun auch Moritz.

Sekundenlang war Pucki wie versteinert. Was sollte nun werden? Vor zwei Stunden sagte man ihr: „Ich bin mit Ihnen nicht zufrieden. Passen Sie gut auf die Kinder auf.“ – Nun kehrte sie mit dem zerschlagenen Max heim. Die Verletzungen waren nicht schlimm, aber Unachtsamkeit warf man ihr doch wohl wieder vor.

Der alte Herr Wallner war der erste, der den weinenden Max sah. Und als er feststellte, daß sich der Knabe einen Zahn beim Stürzen ausgeschlagen hatte, fuhr er auf Pucki los.

„Eine Kinderwärterin wollen Sie sein? Nichts können Sie! Ein gewissenloses Menschenkind sind Sie, zu dem man kein Vertrauen haben kann. Können Sie den Zahn wieder einsetzen?“

Frau Wallner kam aus dem Kontor, denn Christa hatte ihr den Unfall bereits gemeldet.

„Ich glaube, Fräulein Sandler, es geht mit Ihnen nicht. Wenn ich Ihnen die Kinder nicht einmal für eine Stunde überlassen kann, hat es keinen Zweck, solch Kinderfräulein länger im Hause zu behalten. Wo waren Ihre Augen?“

„Max war unfolgsam und wild – –“

„Schieben Sie Ihre Unachtsamkeit nicht auf die Kinder. Ich kann mich unmöglich um die Kleinen kümmern, ich habe meine Arbeit. Sie wurden ins Haus genommen, um die Kinder zu behüten. Ich bin sehr enttäuscht.“

Frau Wallner war längst wieder zurück ins Kontor gegangen, doch der Großvater zeterte weiter. Er tröstete den Knaben und schob alle Schuld auf das Kinderfräulein.

„Ihr seid in recht schlechten Händen." Ordentlich mitleidig klangen die Worte des Großvaters.

Pucki hörte, was der alte Herr Wallner sagte. Wie sollte sie sich bei den Kindern Achtung verschaffen, wenn man sie den Kindern gegenüber so schlecht machte? Selbst beim Abendessen erntete sie neue Vorwürfe, die ihr jeden Appetit nahmen.

„Noch dreihundertsiebenundzwanzig Tage", jammerte Pucki abends im Bett. „Morgen schreibe ich an Carmen. Ich muß einem Menschen mein Herz ausschütten, sonst halte ich es nicht mehr aus. – Oder schreibe ich an Rose Scheele? Sie ist auch bei fremden Leuten. Sie hat es nicht so schwer wie ich, denn der Schmanzbauer ist gut. – Nein, ich schreibe an Carmen, sie muß mich trösten."

Der folgende Tag war aber derart mit Arbeit ausgefüllt, daß Pucki den Brief nicht einmal beginnen konnte. Dann kam der Freitag mit seiner Plätterei. Abends, gegen sechs Uhr, als sie in ihrem Zimmer vor dem Wäschekorb saß, holte sie doch die Schreibmappe hervor, nahm einen Briefbogen heraus und begann, mit Bleistift einen Brief an Carmen zu schreiben. Wenn sich Schritte der Tür näherten, so konnte sie das gesamte Schreibmaterial schnell in den Korb werfen. – Heute ging sie nicht eher zu Bett, als bis der Brief beendet war.

Das Datum war geschrieben:

„Eisenach, den 21. Mai 19..

Meine herzliebe Freundin!

Es geht nicht anders, ich muß dir mein Herz ausschütten. Ich weiß, du wirst zu keinem Menschen darüber reden. Ich habe Euch bisher getäuscht, ich schrieb von einer angenehmen Stellung. Aber hier ist es furchtbar! Laß dir erzählen, was man mir schon alles gesagt, was man mir angetan hat."

Pucki hörte Schritte auf dem Flur. Draußen ging der Großpapa mit den grünen Morgenschuhen vorüber. Sie schleuderte die Schreibmappe und den Bleistift in den Korb und deckte einige Handtücher darüber.

Christa und Max kamen ins Zimmer. Sie hatten allerlei Anliegen an Pucki. Dann war wieder etwas Ruhe. Abermals nahm sie den Brief hervor. In größter Elle glitt der Bleistift über das Papier. Zwei Seiten waren bereits gefüllt.

> „Der Gräßlichste von der ganzen Gesellschaft ist der Großpapa, der Vater des Herrn Wallner. Wie ein böses Gespenst schleicht er durch alle Räume und steckt seine Nase in Dinge, die ihn gar nichts angehen. Ich hasse ihn! Ich hätte ihn neulich erwürgen können, als er behauptete, ich bestehle seine Zigarrenkiste. Damit hat er mich tatsächlich verdächtigt. Und die drei Kinder! Wie können Eltern nur so dumm sein und ihre Kinder Max und Moritz nennen! Max und Moritz bei Wilhelm Busch sind Engel gegen diese Bengels. Wenn sie mich ärgern, könnte ich sie richtig durchprügeln. Doch der gräßliche Großpapa paßt auf, daß nichts geschieht. – Ach, Carmen, meine Wut läßt sich kaum unterdrücken. Aber habe keine Angst, ich denke an meinen lieben Freund Claus und – –“

Die Tür des Zimmers wurde aufgerissen. Der kleine Moritz kam ins Zimmer gelaufen. „Zieh mir mal den Schuh aus! Da drin drückt was!“

Während Pucki damit beschäftigt war, läutete im Wohnzimmer das Telephon. Sie war beauftragt worden, den Apparat zu bedienen, wenn Wallners nicht anwesend waren. Sie zerrte wieder einige Handtücher über die Schreibmappe, die im Wäschekorb lag, und eilte hinüber ins Wohnzimmer an den Apparat.

Währenddessen waren Max und Christa ins Nebenzimmer gekommen. Max griff nach einem zusammengerollten Paar Strümpfe und warf es Christa an den Kopf. Lachend griff das Mädchen nach einem Handtuch und ballte es zusammen, um Max damit zu werfen. Nun fielen alle drei über den Wäschekorb her und fanden Puckis Schreibmappe. Sofort wurde sie geöffnet und untersucht.

„Die verstecken wir", rief Christa, „sie kann danach suchen!" Die Schreibmappe wurde fortgetragen und ein Versteck gesucht. Da liefen die Kinder dem Großpapa in den Weg.

„Guck mal, Großvater! Hier hat sie ein Bild in der Mappe."

Interessiert nahm der alte Herr die Schreibmappe. Er sah den begonnenen Brief. Die Brille wurde auf der Nase zurechtgerückt, dann glitten die Augen über die Zeilen. Sie wurden immer stechender. Schließlich nahm er schweigend die beschriebenen Blätter an sich und machte sich auf den Weg zum Kontor, in dem seine Schwiegertochter arbeitete.

„Hier hast du den Beweis, welche Gefahr uns droht, wenn diese Person länger im Hause bleibt. – Hier, Berta, willst du einmal diese Zeile lesen? „Wenn sie mich ärgern, könnte ich sie richtig durchprügeln." Nun, was sagst du dazu?"

„Meine Wut läßt sich kaum unterdrücken", las Frau Wallner mit Schrecken. „Das ist entsetzlich, das ist ja eine gefährliche Person! Ich werde ihr noch heute kündigen."

„Ich werde schon recht behalten, wenn ich sagte, daß sie Max mit Absicht die Treppe hinabstieß, denn sie haßt deine Kinder. – Berta, Berta, es ist die höchste Zeit, daß dieses Mädchen unser Haus verläßt!"

„Diesen Brief hat sie im Zorn geschrieben. Etwas Schlechtes traue ich ihr nicht zu. Da sie jedoch keine Liebe für meine Kinder empfindet, geht es nicht an, daß sie länger bei uns bleibt. Ich hätte ihr schon am

Fünfzehnten kündigen sollen. Nun mag sie sich sofort nach einer neuen Stelle umsehen. Ich werde selbst Schritte tun, um eine andere Kraft zu bekommen. Ich werde ein älteres Kinderfräulein engagieren."

„Soll ich sie dir herschicken", fragte der alte Herr spitz.

„Laß nur, Vater, ich gehe gleich hinüber, ich will selbst mit ihr reden. Den Brief behalte ich hier."

Händereibend entfernte sich der Großvater. Er sah es als ein Glück an, daß dieses unzuverlässige junge Mädchen recht bald das Haus wieder verließ. –

Pucki war an ihre Arbeit zurückgekehrt. Da sie die Kinder nicht mehr hörte, wollte sie weiter an dem Brief schreiben. Im Zimmer herrschte eine heillose Unordnung. Die Wäsche aus dem Korb lag überall umher. Pucki sammelte die Stücke wieder ein und legte sie in den Korb zurück. – Doch plötzlich setzte ihr Herzschlag aus. Wo war die Schreibmappe hingekommen?

In größter Erregung warf sie die Wäschestücke durcheinander, doch von der Schreibmappe war nichts zu sehen. Die drei Kinder hatten im Korbe gewühlt, sie mußten den Brief gefunden haben, den Brief an Carmen mit den erregten Äußerungen.

Pucki sprang auf. Im Nebenzimmer war niemand. Jetzt hörte sie die Kinder in der Küche lärmen.

„Christa! – Ihr wart doch in meinem Zimmer. Habt ihr meine Schreibmappe gehabt?"

„Ja", lachte das kleine Mädchen keck.

„Wo habt ihr sie hingetragen?"

„Wir haben sie versteckt, du sollst sie suchen", klang es lachend.

„Liebe, gute Christa, bitte gib mir die Mappe zurück. Ich habe noch einige Bonbons, die du bekommen sollst, wenn du mir die Mappe gibst."

„Ich will auch Bonbons haben", rief Moritz.

„Und ich auch“, rief Max.

Die drei Kinder folgten Pucki. Sie händigte ihnen eine kleine Tüte mit Bonbons aus.

„Und nun noch Schokolade!“

Es blieb Pucki nichts übrig, sie mußte den Kindern dreißig Pfennige schenken, damit sie sich Schokolade kaufen konnten. – Als es geschehen war, bat sie erneut: „Wo ist meine Schreibmappe?“

„Die hat der Großvater.“

Pucki sank auf dem Stuhl zusammen. Der neugierige alte Herr würde natürlich Stück für Stück durchsehen. Er würde auch den Brief finden, jenen Brief, in dem der alte Herr als böses Gespenst bezeichnet war, in dem sie geschrieben hatte, daß sie ihn hasse.

Puckis Gedanken wirbelten noch wild durcheinander, als sich die Zimmertür öffnete. Frau Wallner stand vor ihr, einen Brief und die Schreibmappe in den Händen.

„Nun ist alles aus!“ dachte Pucki. Dunkel erinnerte sie sich daran, daß sie ihren Groll in gar zu kräftigen Worten ausgedrückt hatte. – Was sollte nur werden?

„Man brachte mir dieses Schreiben“, begann Frau Wallner. „Ich habe bisher nicht gewußt, daß Sie solch tiefen Haß auf meine Kinder und auf meinen Schwiegervater haben. – Warum sagten sie das nicht längst? Warum haben Sie nicht um Ihre Entlassung gebeten? Sie schreiben hier, Sie möchten die Kinder am liebsten durchprügeln. Eine nette Erziehung, Fräulein Sandler. Unter diesen Umständen kann ich Sie natürlich in meinem Hause nicht behalten. Ich kündige Ihnen hiermit Ihre Stelle und bitte Sie, Ihren Posten möglichst bald aufzugeben. Vertragsmäßig müßte ich Ihnen das Gehalt bis zum ersten Juli zahlen, denn die Kündigungsfrist ist bereits verstrichen. Ich hoffe aber, daß Sie meine Gutmütigkeit nicht ausnützen und unverdientes Geld nicht annehmen werden. Bemühen Sie sich, schon zum ersten Juni eine neue Stelle zu finden. Ich lege Ihnen keine Hindernisse in den Weg. Wenn Sie wollen, können Sie schon morgen mein Haus verlassen."

Pucki sagte kein Wort. Sie hörte aus dem Wortschwall nur das eine: Ich bin gekündigt worden. Und sie wollte doch ein ganzes Jahr aushalten. – Wie würde man sie zu Hause empfangen? Was würden alle sagen? Der Oberförster, der Schmanzbauer, Minna, Rose Scheele. Und die Schwestern! Wie siegessicher war sie gewesen! Wiederholt hatte sie beteuert: Ich halte aus. Nun war sie kaum sechs Wochen von Hause fort, da kündigte man ihr schon, weil sie unzuverlässig und untüchtig war.

„Sie haben mich verstanden, Fräulein Sandler?"

„Ja", klang es tonlos zurück.

„Dann ist es gut. Sehen Sie sich nach einer anderen Stelle um. Sollten Sie heimfahren wollen, dann kann das natürlich geschehen. In diesem Falle zahle ich Ihnen das Gehalt nur bis zum heutigen Tage aus. – Hier haben Sie ihren Brief und die Mappe zurück."

Frau Wallner war gegangen. – Pucki hielt das Schreiben in eiskalten Händen. Was sollte nun werden? Nach Hause fahren? – Nein, tausendmal nein! Eine andere Stelle suchen? – Aber fand sie bis zum ersten Juni etwas? Es waren nur acht Tage bis dahin. – Wer half ihr in ihrer großen Not?

„Mutti, ach, liebe Mutti!" begann Pucki bitterlich zu weinen. Der Brief, der die entsetzlichen Anklagen enthielt, wurde zerrissen. Es hatte keinen Zweck mehr, Carmen ihren Jammer zu schildern.

„Gekündigt!" Dieses Wort sagte Pucki ungezählte Male leise vor sich hin. Es war ihr, als sei jede Freude aus ihrem Leben geschwunden.

An diesem Abend rief man sie nicht einmal zum Abendessen. Man schickte ihr das Essen aufs Zimmer. Pucki aß ihr Brot mit Tränen.

„Gekündigt, – gekündigt! – Welche Schande!"

War das das Leben? – Endete so der erste Schritt, den sie ins Leben unternommen hatte? Und was stand ihr noch bevor? Das Elternhaus tauchte vor ihrer Seele auf, das stille, friedliche Forsthaus mit seiner Ruhe, seiner Ordnung. Wie anders war es dort als hier! Und immer wieder klang von ihren Lippen: „Vati, – Mutti, – –"

Auch am Sonnabend vormittag kümmerte sich niemand um sie. Der Großpapa steckte nur einmal den Kopf durch den Türspalt.

„Sie werden von einem Herrn aus Jena am Telephon verlangt", sagte er. „Wahrscheinlich ein flottes Studentlein. Wohl der junge Mann, dessen Bild Sie in der Schreibmappe aufheben."

Hans Rogaten war am Telephon. Der treue Hans, der wahrscheinlich morgen mit ihr einen Ausflug machen wollte. Wie hatte sie den guten Hans angeschwindelt. Nun rief er gerade heute an, da sie in so entsetzlicher Erregung war. Ob sie sich ihm restlos anvertraute? Hans war ihr Jugendfreund, er war klug und besonnen. – Ob ihr der Himmel diesen Trost sandte?

Zögernd ging sie an den Apparat. Sie hörte seine gute Stimme.

„Pucki, soll ich morgen nach Eisenach kommen? Wollen wir uns einen vergnügten Sonntag machen?"

Schon wollte sie eine zustimmende Antwort geben, da fiel ihr Blick auf das Gesicht des Großvaters, der dicht neben ihr stand.

„Ein Schulfreund fragt an", sagte sie leise und jämmerlich, „ob er morgen mit mir für – ganz kurze Zeit ausgehen darf. Nur für eine Stunde. Bitte, erlauben Sie es mir, ich gehe ja doch von hier fort. Nur morgen, – bitte, bitte."

„Pucki, was ist denn los!" klang es durch den Fernsprecher.

„Was ist das für ein Freund?"

„Bitte, Herr Wallner, Sie sollen sich nicht mehr über mich zu beklagen haben. Bitte, erlauben Sie es."

„Pucki, ich muß dich unbedingt sprechen. Da scheint manches nicht in Ordnung zu sein. Ich komme morgen auf jeden Fall nach Eisenach."

„Ach, Hans – – ja, komm her, ich – – weiß mir keinen Rat mehr. Hans, lieber Hans, hilf mir!"

Schon seine liebevolle Anrede genügte, in Pucki alles aufzuwühlen. Hans Rogaten würde herkommen, ihm wollte sie alles sagen. Sie war ja gekündigt. Man wünschte, daß sie das Haus möglichst rasch verlassen sollte. Nun war alles einerlei! Wenn man ihr morgen nicht erlaubte, mit Hans Rogaten zu sprechen, lief sie einfach fort, zum Freunde. Er würde ihr gewiß raten.

„Du kommst, Hans?"

„Auf jeden Fall, Pucki. Ich bin gegen elf Uhr in Eisenach. Kannst du am Bahnhof sein?"

„Ich hoffe", sagte Pucki mit leiser Stimme.

„Ich komme auf jeden Fall zu dir", klang es zurück. „Habe Mut und Vertrauen, Pucki! Ich werde dir beistehen."

Dann schwieg das Telephon. Mit gesenktem Kopf wollte das junge Mädchen aus dem Zimmer gehen, aber der Großvater rief sie an.

„Ohne Erlaubnis wird nichts unternommen. Das merken Sie sich!"

Der Mut der Verzweiflung überkam Pucki. Sie ging zu Frau Wallner und sagte mit vor Aufregung bebender Stimme: „Eben hat ein Schulfreund von mir angerufen. Er studiert in Jena. Er fragte, ob er morgen mit mir zusammen sein darf. Er kann mir beim Suchen einer neuen Stellung helfen. – Wenn Sie mir erlauben wollten, daß ich morgen nachmittag mit ihm zusammentreffe, werde ich Ihr Haus bald verlassen können, denn – Herr Rogaten verschafft mir sicherlich eine andere Stelle."

„Da ich keinen Wert mehr darauf lege, meine Kinder unter Ihrer Aufsicht zu wissen, beurlaube ich Sie für morgen nachmittag. Sie können nach dem Mittagessen gehen. Um sechs Uhr sind Sie wieder daheim."

„Ach, ich danke Ihnen tausendmal!"

Sie würde Hans Rogaten sehen, sie hatte vier Stunden Zeit, um alles mit ihm zu besprechen. – Er war ihr Retter in der Not.

Am Sonntag, gegen elf Uhr, stellte sich Hans Rogaten im Wallnerschen Hause ein. Pucki sah er nicht. Nur Frau Wallner sprach mit ihm.

„Fräulein Sandler ist um zwei Uhr frei. Sie können das junge Mädchen um diese Zeit abholen, aber nicht eher, und Punkt sechs Uhr verlange ich, daß Fräulein Sandler wieder zurückkehrt."

Rogaten unterdrückte jede Äußerung. Schon aus dieser kurzen Unterredung war ihm klar geworden, daß es hier nicht stimmte. Nun, von Pucki würde er die nötige Aufklärung bekommen. – So durchstreifte er allein die Stadt, um pünktlich zur festgesetzten Zeit wieder bei Wallners zu sein.

Er war bestürzt, als er Pucki sah. Das lebensfrische, fröhliche junge Mädchen sah bleich und vergrämt aus. Um die Lippen lag das Weinen.

„Hans, lieber Hans, sei mir nicht böse, ich bin deiner Freundschaft nicht wert, denn ich habe dich beschwindelt. Ach, Hans, ich bin ja so unglücklich!"

„Komm, Pucki! – Wollen wir hinauf zur Wartburg gehen?"

„Nein, Hans, nicht zur Wartburg. Lieber ein wenig in den Wald. Ich kann keine Menschen sehen! Ich will dir alles sagen. Ich werde dich nicht wieder beschwindeln!"

„Arme, liebe Pucki, hast du es so schwer getroffen?"

„Es ist ja zum Teil meine Schuld. Ich hatte mir alles viel leichter vorgestellt. Ich bin wahrscheinlich noch viel zu dumm, um immer das Rechte zu treffen. Ich weiß nur das eine: daß ich schon beim ersten Schritt ins Leben gestolpert bin."

„Du darfst nicht gar so mutlos sein, Pucki! Ein junges Mädel wie du beißt sich durch. Das wäre ja noch schöner, wenn du verzagen wolltest."

Sie schritten hinein ins herrliche Annatal. Dort suchten sie eine versteckte Bank auf, und dann schüttete Pucki dem Freunde ihr übervolles Herz aus. Hans Rogaten unterbrach die Erzählerin nicht. Er hörte ihren Jammer, ihre Selbstanklagen, ihre Hoffnungslosigkeit.

„Du willst also unter keinen Umständen nach Hause?"

„Nein, Hans, das könnte ich nicht. Ich will allen beweisen, daß ich durchhalte. In einer anderen Stellung werde ich von vornherein weniger Ansprüche stellen. Ich werde still und bescheiden sein, werde schweigend alles ertragen. Aber ich will den Eltern beweisen, daß ich durchhalte.“

„Das kann ich verstehen, Pucki. Doch wo nehmen wir gleich eine andere Stellung her? Ich glaube, in der Wallnerschen Familie ist man froh, dich los zu werden.“

„Ich sagte ihnen, daß ich am ersten Juni gehen will. – Ach, lieber Hans, wo bekomme ich eine andere Stellung?“

„Durch Inserate, durch die Zeitungen, durch Vermittlungsstellen. Ich würde an deiner Stelle nicht in Eisenach bleiben, Pucki.“

„Hans, hilf mir, ich weiß keinen Weg.“

„Es gibt eine Menge Zeitungen und Zeitschriften, in denen Stellungen ausgeschrieben sind. Wir gehen nachher zum Bahnhof, kaufen mehrere Zeitungen und Zeitschriften und sehen sie gemeinsam durch. Es wird sich etwas finden.“

„Glaubst du das wirklich?“

„Natürlich! – Wo ein Wille ist, da ist auch ein Weg. Ich könnte auch mal an meinen alten Herrn schreiben. Vielleicht weiß er Rat, er hat allerlei Beziehungen.“

Sehr bald drängte Pucki zum Aufbruch, denn sie wollte am Bahnhof die Zeitungen durchsehen.

„Wenn wir heute nichts finden, Pucki, mußt du täglich einige Zeitungen kaufen und nachsehen.“

Das Försterkind dachte traurig an die Italienreise, die nun in weite Ferne gerückt war. Doch jetzt galt es erst einmal, aus dieser Lage einen Ausweg zu finden.“

Schon eine halbe Stunde später saßen zwei junge Menschen im Wartesaal des Bahnhofs und blätterten Zeitungen und Zeitschriften durch, die Hans Rogaten gekauft hatte.

„Auf diese Anzeige könntest du mal schreiben", sagte nach längerem Suchen der Student, „und auch an diese hier. – Hier ist die Leipziger Zeitung. Wollen mal nachsehen, was da drin steht. – Hier ist die Kölner Zeitung. – Ja, sieh mal, hier ist auch eine Stellung ausgeschrieben."

„Dahin schreibe ich natürlich auch."

Noch einmal ging Hans Rogaten fort und kam mit neuen Zeitungen zurück. „Hier, Pucki, nach Breslau! Dahin schreibst du auch – – Und hier, – in Nürnberg wird ein junges Mädchen gesucht. – Wirst du so viel Zeit haben, um auf alle diese Anzeigen zu schreiben?"

„Ich nehme sie mir. Man will ohnehin nichts mehr von mir wissen."

Bis dreiviertel sechs Uhr blieben die beiden im Wartesaal des Bahnhofs. Dann begleitete Rogaten seine Freundin zu Wallners Haus. Abschiednehmend reichte er ihr die Hand und drückte sie herzlich. „Kopf hoch, kleine, liebe Freundin! Wenn du auf alle Anzeigen keinen Bescheid bekommst, muß mein Vater helfen. Er tut es gern. Er steckt augenblicklich in München. Ich schreibe noch heute an ihn."

An diesem Abend schrieb Hedi Sandler bis in die späte Nacht hinein bei abgeblendeter Lampe sieben Stellungsgesuche.

Eine merkwürdige Stellung

Puckis Stellung im Hause Wallner wurde eine ganz andere. Schon am Tage nach der Kündigung räumte man ihr zum Schlafen ein anderes Zimmer ein, einen bescheidenen Raum mit der Aussicht nach den Werkstätten auf dem Hof. Der Großvater meinte, man könnte den kleinen Moritz einer so lieblosen Person keinen Tag länger anvertrauen. Er übernahm auch die Beaufsichtigung der Schularbeiten und das Ausgehen mit den Kindern. Pucki mußte in der Küche helfen und sich in der Waschküche nützlich machen. Sonst saß sie, wie bisher, vor dem Flickkorb. Man sprach wenig mit ihr. Wohl durfte sie beim Mittagsmahl zugegen sein, aber das Abendbrot stellte man ihr in die Küche. Von dort holte sie es in ihr Zimmer.

Pucki schluckte alle Bitterkeiten tapfer hinunter. Sie ersehnte einen Bescheid auf ihre Stellengesuche. Jede Stelle, die sich ihr bot, würde sie annehmen. Nur rasch fort aus diesem Hause, in dem man sie so behandelte. Täglich schickte ihr Hans Rogaten aus Jena Zeitungsausschnitte mit Stellungsangeboten. Jeden Abend schrieb sie neue Bewerbungen, immer in der Hoffnung, daß eine Antwort kommen würde.

Aus Köln kam ein Brief, sie möchte Zeugnisse und Bild einsenden und ferner Referenzen aufgeben. Niedergeschlagen las das junge Mädchen das Schreiben. Man würde sie sicher nicht nehmen, denn sie besaß ja noch keine Zeugnisse. Was nützte hier das gute Schulabgangszeugnis? Trotzdem wollte sie heute abend den Brief beantworten. Am Nachmittag desselben Tages händigte ihr die Köchin einen zweiten Brief aus. Er kam aus Nürnberg.

Sofort öffnete sie den Brief. Dann las sie:

> „Mein liebes Fräulein!
>
> Wenn Sie fröhlichen Herzens sind, wenn Sie sich zumuten, mit zwei Knaben von zehn und zwölf Jahren fertig zu werden, wenn Sie den guten Willen haben, sich unserem Haushalt einzufügen, könnten Sie sofort bei uns eine Stellung antreten, als – – Nun, diese Stellung läßt sich nicht mit einem Wort umreißen. Sagen wir: als Freundin der Knaben, als unsere liebe Hausgenossin, als meine Gehilfin. Es wäre mir sehr lieb, wenn Sie sofort kommen könnten. Falls das möglich ist, telegraphieren Sie Ihre Ankunft. Frau Edda Ravell.“

Dann folgte die Adresse.

„Nürnberg“, sagte Pucki und sah im Geiste die alte Burg vor sich. Doch rasch schlug sie die Augen nieder. Wieder eine historische Stadt, wieder ein Ort, in dem es viel zu sehen gab. Die Meistersingerwiese, das Hans-Sachs-Haus, das Bratwurstglöckl und die alten Häuser an der Pegnitz.

„Das alles werde ich doch nicht sehen“, sagte sie leise vor sich hin. „Zwei Jungen sind da. Die Hausfrau deutet bereits an, daß ich alles sein muß. Ich werde flicken, waschen, stopfen und anderes mehr. Trotzdem gefällt mir der Brief. „Liebes Fräulein“, redet sie mich an. Das tut bei Wallners keiner. Sie will mich sofort haben. – Ja, ich komme!“

Edda Ravell! Was war das für ein seltsamer Name? Hatte sie ihn nicht irgendwo schon gelesen oder gehört? Obwohl Pucki lange darüber nachdachte, fand sie die Lösung nicht.

Sie sollte sofort kommen, sollte telegraphieren. Kein Zeugnis wurde von ihr verlangt, sie brauchte nur nach Nürnberg zu drahten: ich komme!

Der Strumpf, den sie gerade stopfte, flog im großen Bogen in den Korb zurück, die blauen Mädchenaugen blitzten seit langer Zeit wieder unternehmungslustig.

„Auf in den Kampf! Jetzt gehe ich zu Frau Wallner, dann zur Post, dann packe ich, erkundige mich am Bahnhof, wann mein Zug geht, und fahre schon morgen nach Nürnberg ab!“

Bei diesem Gedanken wurde Pucki wieder leicht ums Herz.

„Ich werde Frau Edda die Wäsche waschen und die Zimmer aufräumen. Ich werde den beiden Knaben alle Liebe schenken, die ich zu geben vermag. Ich will nie nach der Nürnberger Burg gehen und kein altes, ehrwürdiges Haus besichtigen. Ich werde arbeiten, arbeiten von früh bis spät. Nur von hier rasch fort!“

Frau Wallner nahm die Nachricht Fräulein Sandlers sehr kühl entgegen. „Ich habe nichts dagegen, daß Sie morgen mein Haus verlassen. Selbstverständlich zahle ich Ihnen das Gehalt nur bis zum fünfundzwanzigsten.“

„Ich bitte um die Erlaubnis, zum Bahnhof gehen zu dürfen, um mich nach den Zügen zu erkundigen."

„Es ist gut."

Da stand nun Pucki wieder in der Bahnhofshalle mit freudig pochendem Herzen. Morgen früh, gegen zehn Uhr, ging ein Zug nach Nürnberg. Das Fahrgeld war auch zu erschwingen. Freilich, die Italienreise lag nun in ganz weiter Ferne. Jetzt erst fiel ihr ein, daß Frau Ravell gar nichts über das Gehalt geschrieben hatte. Ob sie dort umsonst arbeiten mußte? Ach nein! Eine Dame, die so freundliche Briefe schrieb, zahlte auch gewiß gute Gehälter.

„Vielleicht bekomme ich sogar dreißig Mark. Dreißig mal zwölf sind dreihundertsechzig Mark! – Oh, soviel brauche ich nicht für Italien. – Hurra, die Reise ist wieder gesichert!"

Es tat ihr geradezu wohl, daß ihr der Beamte freundlich Auskunft gab.

„Ich freue mich furchtbar darauf, morgen nach Nürnberg fahren zu können. Doch nun muß ich rasch telegraphieren. Ich nehme dort eine Stellung an."

Der Beamte lächelte freundlich und wies sie zum Telegraphenamt.

Pucki ergriff einen Vordruck und schrieb darauf:

> „Herzlichen Dank für das Angebot. Habe mich soeben nach dem Zuge erkundigt und treffe morgen, mittags drei Uhr, dort ein. Ihren Anforderungen hoffe ich zu genügen.
>
> Hedwig Sandler."

Sie reichte das Blatt in den Schalter hinein. Als sie den Betrag hörte, den sie dafür bezahlen sollte, nahm sie dem Beamten das Blatt wieder aus den Händen.

„Soviel Geld habe ich gar nicht. Ist ein Telegramm so teuer?"

„Fassen Sie sich doch kürzer. Wenn Sie nur Ihr Kommen zu melden haben, kann es mit wenigen Worten geschehen."

„Ich möchte aber höflich telegraphieren."

Schließlich entschloß sich Pucki aber doch, nur kurz zu melden, daß sie morgen, drei Uhr mittags, eintreffen würde.

Mit einem Frohgefühl ohnegleichen packte sie am Abend ihre Sachen zusammen. Ins Tagebuch wurde wieder einmal eine umfangreichere Eintragung gemacht.

„Die Würfel sind gefallen! Ich verlasse die Stätte meines Wirkens. Eine einzige große Enttäuschung war mein erster Schritt ins Leben. Eine innere Stimme sagt mir jedoch, daß es bei Frau Ravell besser sein wird. Außerdem habe ich schon viel gelernt. Ich weiß, wer fremdes Brot essen muß, soll die eigenen Wünsche zurückstecken. In diesem Sinne trete ich die neue Stellung wohlgemut an. Ich habe keine eigenen Wünsche mehr, ich lebe nur noch für andere. Ich werde auch nichts von Nürnberg sehen, gar nichts. Ich werde für zwei Knaben Strümpfe stopfen, aber – ich halte durch, das schwöre ich!"

Es fiel Pucki schwer aufs Herz, daß sie die Eltern und Freunde von dem Wechsel ihrer Stellung unterrichten mußte.

Das sollte erst geschehen, wenn sie einige Tage in Nürnberg weilte und von dort aus über die neue Stelle berichten konnte. Wie sich ihr Leben auch gestalten mochte, sie würde einen zufriedenen Brief ins Elternhaus senden.

Um Vater und Mutter nicht in Unruhe zu versetzen, schrieb sie noch an diesem Abend eine nichtssagende Karte. Sie verschwieg, daß sie morgen Eisenach verlassen würde.

Am anderen Morgen wurde sie zu Frau Wallner gerufen, die ihr das genau ausgerechnete Gehalt übergab. Der Großvater, der daneben stand, sagte verbissen:

„Verdient haben Sie das viele Geld nicht. Wären Sie bei mir in Diensten, hätte ich berechtigte Abzüge gemacht. Aber meine Schwiegertochter ist viel zu gutmütig, sie weiß den Wert des Geldes leider nicht genügend zu schätzen. Bessern Sie sich in Ihrer neuen Stelle. Ich weiß heute schon, daß

Sie dort auch nicht lange bleiben werden. Für Kinder sind Sie nicht zu gebrauchen."

Als Zeugnis bekam Pucki nur eine kurze Bescheinigung, die sie schweigend einsteckte. So war der Abschied vom Wallnerschen Hause kühl. Sie schied mit dem glücklichen Gefühl, daß dieser Abschnitt ihres Lebens ein Ende gefunden hatte.

*

Nürnberg! – Wieder der Bahnhofstrubel, nur viel, viel größer als in Eisenach! Diesmal sah sich Pucki nicht suchend nach rechts und links um.

„Eine Angestellte holt man nicht ab", dachte Pucki nach ihren Erfahrungen in Eisenach. Sie nahm den Koffer in die Hand und wanderte los. „Frau Edda denkt nicht daran, ihr Kinderfräulein abholen zu lassen. – Ach, wenn ich es dort nur besser habe! Aber ich will alles ertragen."

Sie mußte dieses Mal mit der elektrischen Straßenbahn fahren. Ein Schutzmann wies sie zurecht. Vor einem großen Mietshause blieb sie endlich stehen. Hier also wohnte Frau Edda Ravell.

Herzklopfend stieg Pucki zum ersten Stockwerk hinauf. Sie las die Schilder an der Tür: „Prell" auf der einen Seite, „Lorenz" auf der anderen. Also hinauf ins zweite Stockwerk: „Grünberg", auf der anderen Seite „Hummel". Auch im dritten Stockwerk war keine Frau Edda Ravell zu finden. Pucki nahm den Brief aus der Handtasche und verglich die Hausnummer. – Im Hinterhaus konnte diese Frau doch unmöglich wohnen. Trotzdem stieg sie im Hinterhaus bis ins dritte Stockwerk hinauf, fand aber auch hier den gesuchten Namen nicht.

„Ein schöner Anfang", klang es gedrückt, und wieder war ihr das Weinen nahe. Im Flur traf sie eine Frau.

„Bitte, können Sie mir sagen, ob in diesem Haus eine Frau Edda Ravell wohnt? Sie hat zwei Knaben."

„Im ersten Stock links", gab die Frau zur Auskunft.

Wieder stieg Pucki die Treppen hinauf. Links war ein großes Schild angebracht, mit dem Namen „Kurt Prell".

„Himmel", seufzte Pucki, „sie wird mit den beiden Kindern doch nicht in einem möblierten Zimmer wohnen. Wo bin ich hingeraten!"

Zögernd zog sie die Klingel. Jemand rannte drinnen den Korridor entlang, dann wurde die Tür geöffnet. Pucki sah einen größeren Knaben vor sich stehen, der sie neugierig betrachtete.

„Ich heiße Sandler. – Ich komme aus Eisenach. Ich bin das neue – – Fräulein."

„Herzlich willkommen!" rief ihr der Knabe entgegen. Dann wies er auf eine der Türen. „Gehen Sie dort mal 'rein, dort ist Mutter."

Sekundenlang wagte Pucki keinen Schritt zu machen. Der Knabe war schon wieder verschwunden. Sie stand allein in dem langen Korridor. Endlich pochte sie zögernd an die bezeichnete Tür. Eine Männerstimme forderte sie zum Eintreten auf.

Im Zimmer auf dem Diwan lag ein weißgekleideter Herr, der den Rauch einer Zigarette vor sich hinblies. Er hob den Kopf nur ein wenig, als er das eintretende junge Mädchen erblickte.

„Ich bin Hedi Sandler aus Eisenach. Ich hatte telegraphiert – –"

„Nett von Ihnen", sagte der weißgekleidete Herr, „setzen Sie sich bitte. Wollen Sie eine Zigarette rauchen?"

Pucki überlief es eiskalt. Wo war sie hingeraten? Dieser Hausherr erhob sich nicht einmal bei ihrem Eintreten? Scheu betrachtete sie ihn näher. Er konnte kaum älter sein als Claus.

„Also aus Eisenach kommen Sie?" fuhr der Mann fort, „und hier wollen Sie den Jungens die Eselsohren langziehen? Viel Vergnügen, mein Fräulein. – Warum setzen Sie sich nicht?"

„Ich suche – – suche – Frau Ravell."

„Wird gleich hier sein. Legen Sie inzwischen Hut und Mantel ab."

Pucki stand noch immer unbeweglich da. Am liebsten wäre sie umgekehrt und nach Eisenach zurückgefahren. Ach nein, nicht nach Eisenach, nach Birkenhain, zu den Eltern! Mochten sie sie auslachen, mochten sie schelten.

Da öffnete sich eine Tür. Eine elegante Dame trat ins Zimmer, die mit ausgestreckten Händen auf Pucki zuging.

„Da sind Sie! – Haben Sie sich wirklich hierher gewagt? Es war nett von Ihnen, daß Sie so rasch kamen. – Sie gefallen mir, und ich hoffe, Sie werden sich hier gut einleben. Es geht freilich mitunter ein wenig bunt in unserem Hause zu, aber mit meinen beiden Jungen werden Sie gewiß fertig werden. Sie sind zwar alle beide ein wenig verrückt, aber herzensgut."

Wieder überlief es Hedi Sandler eiskalt. Zu zwei unerzogenen Kindern hatte man sie gerufen? Das konnte ja gut werden!

„Rico, du hättest unsere neue Hausgenossin auch ein wenig höflicher empfangen können. Bitte, stehe endlich auf."

Der Angeredete erhob sich nachlässig und reichte Pucki die Hand.

„Ich – – ich werde mich bemühen, Herr Ravell, Ihre Zufriedenheit zu erlangen", stotterte Pucki, „ich will – –"

Die beiden Anwesenden brachen in herzliches Lachen aus, und Pucki verstummte erschreckt.

„Das ist ja zu drollig! Dieser Herr hier, den sie vor sich sehen, ist ein Kollege meines Mannes, Herr Rico Wengen. – Mach bitte eine anständige Verbeugung, Rico."

Pucki wagte kaum zu atmen. Der Ton, der in diesem Hause herrschte, bestürzte sie. Doch Frau Ravell fuhr unbekümmert fort: „Ich heiße auch nicht Ravell, das ist nur mein Künstlername. Ich bin seit dreizehn Jahren mit meinem Kurt verheiratet, mit Kurt Prell, dem Tenor der hiesigen Oper."

Wie ein Schlag durchfuhr es Pucki. Sie sollte im Hause eines Tenors leben?

„Meinen Namen haben Sie gewiß gehört, kleines Fräulein; ich bin Schriftstellerin und arbeite augenblicklich an einem großen Roman. Da habe ich wenig Zeit für die Kinder. Doch nun will ich mich einmal erkundigen, ob unsere gute Va das Futter fertig hat. Sie werden Hunger haben. Auch die Jungen hole ich sofort herbei."

Frau Edda öffnete eine Tür und rief mit lauter, wohlklingender Stimme:

„Tri – Tri – – Flo, Flo! Kommt schnell her!"

Wieder kam ein angstvoller Blick in Puckis Augen. Ihr erschien alles sonderbar und fremd in diesem Hause.

Da kamen die beiden Knaben angelaufen. Sie blieben vor Pucki stehen und betrachteten sie forschend.

„So, mein liebes Fräulein Sandler. – Ach nein, wie heißen Sie eigentlich?"

„Sandler, Hedwig Sandler."

„Also unser liebes Fräulein He. Wir sind für Abkürzungen. Es ist scheußlich langweilig, den ganzen Namen auszusprechen. Oder haben Sie vielleicht einen anderen Namen?"

Da konnte Pucki nicht anders. Mit vor Erregung zitternder Stimme stieß sie hervor: „Ich wurde daheim Pucki genannt."

„Wie reizend! Also unsere Pucki! Das klingt entzückend. Hier haben Sie unseren Tristan, kurz Tri genannt. Der Bengel ist zwölf Jahre alt und total blödsinnig. Nicht wahr, Tri?"

Der Knabe lachte herzlich. Es war ein wohlklingendes Lachen. Pucki staunte, wie fröhlich der Junge lachen konnte.

„Und hier ist Florestan, kurz Flo genannt. Mein Mann hatte die irrsinnige Idee, seine beiden Knaben nach den Opernrollen zu taufen, die er an den Tagen sang, da die beiden Kinder geboren wurden. Beinahe hätten wir den Zweiten Herodes nennen müssen. Glücklicherweise wurde „Salome" an jenem Tage abgesagt und „Fidelio" gegeben."

Pucki wußte noch immer nicht, was sie sagen sollte. Alles, was sie hier hörte, war ihr fremd und sonderbar.

„Ihr Gören, nun zeigt Fräulein Pucki, wo sie wohnen wird", sagte Frau Prell. „Dann kommt ihr zurück und laßt Pucki hübsch in Ruhe. Sie muß ihre Koffer auspacken."

Florestan nahm Pucki an die Hand. „Ich kann doch du zu dir sagen? Wir duzen uns alle."

Tristan eilte voran, riß eine Tür weit auf, und dann sang er los: „Oh, diese Sonne, ha, dieser Tag, ha, dieser Wonne sonnigster Tag!"

Pucki warf einen ängstlichen Blick auf den jugendlichen Sänger.

„Fein, daß du da bist", sagte Flo. „Nicht wahr, wir werden uns gut vertragen? Du darfst aber nicht so strenge sein. Du gefällst mir gut, denn du bist hübsch."

„Ja, du bist hübsch", bestätigte auch Tristan. Dabei stemmte er beide Hände in die Hüften.

„Ja ja, schon gut", erwiderte Pucki und machte einige Schritte zur Tür.

Da klang es erneut: „Entwischen willst du, feiger Hund? Hier steht mein Weib, ich hab' ein Recht auf sie!"

„Sei nicht so verrückt", schalt der Jüngere. „Du brauchst keine Angst vor ihm zu haben", sagte er treuherzig zu Pucki. „Wenn der Vater eine Rolle lernt, singt er mit. – Kennst du „Tiefland"? Das ist aus „Tiefland". Doch nun pack rasch deinen Kram aus. Oder – dürfen wir zusehen?"

Pucki kam zögernd wieder zurück ins Zimmer. Es war ein einfenstriger Raum, den man ihr zugewiesen hatte, aber er war behaglich ausgestattet. Daß sie ein Zimmerchen für sich allein bekam, war schon eine große Freude für sie. Wenn nur die Leute nicht gar so merkwürdig wären! Ob sie sich hier einleben würde?

Die Knaben liefen davon. Im Flur hörte Pucki abermals den Älteren singen: „Nur deinetwegen wollt' ich noch nicht sterben. Um deine Liebe möcht' ich ewig werben."

Pucki packte den Koffer aus. Die Frachtsachen würden erst in einigen Tagen ankommen. Fürs erste reichte das aus, was sie mitgebracht hatte, vor allem ihren Arbeitskittel, denn sie war doch hier nur zur Arbeit da.

Sie war mit dem Auspacken noch beschäftigt, als jemand an die Tür pochte. Es war Frau Prell.

„Nun 'ran an die Krippe, das Essen ist fertig. Kommen Sie, Sie sollen meinen Mann kennenlernen. Leider ist er heute schlechter Laune, doch das gibt sich bald wieder."

Frau Edda schob ihren Arm in den Puckis und betrat mit ihr ein sehr schön eingerichtetes Eßzimmer. Es störte Pucki allerdings, daß auf dem Büfett Stöße von Noten lagen. Sie gehörten doch nicht an diesen Platz.

Aus dem Nebenzimmer kam ein großer, etwas dicklicher Herr.

„Das ist mein Mann, unser Tenor! Hier ist Fräulein Pucki, die sich unserer Kinder annehmen will. Mache deinen Knicks, Kurt."

„Freue mich, freue mich", sagte der Sänger und strich mit der ringgeschmückten Hand durch das reiche dunkle Haar. „Viel Freude werden Sie an diesen Bengels nicht erleben. – Was gibt's heute zu essen? Draußen roch es nach Kohl. Du weißt doch, daß ich Kohl nicht gerne esse."

„Schatz, deine Nase ist falsch, es gibt keinen Kohl. Kohl redest du!"

Der Tenor setzte sich am Tisch nieder, ehe die Hausfrau ihren Platz eingenommen hatte, zog eine Zeitung aus der Brusttasche und begann darin zu lesen. Er ließ sich das Essen auf den Teller legen, stocherte ein wenig darin herum und erklärte dann, jetzt habe er keinen Appetit. Dann stand er auf und sagte im Fortgehen:

„Va soll mir das Essen um sechs Uhr zurechtmachen. Ich habe jetzt keinen Appetit."

„Es ist gut, Kurt."

„Mutter, ich esse mit dem Vater um sechs Uhr“, rief Florestan. Damit stand der Knabe vom Tisch auf und verließ ebenfalls das Zimmer, ohne daß ihn die Mutter zurückrief.

Pucki staunte. Sie staunte noch mehr über die Stütze Valeria, die man kurz Va nannte. Mit dem gleichgültigsten Gesicht erklärte sie, daß sie das Essen warmstellen würde.

„Ich denke“, sagte Frau Prell, „liebste Va, daß Sie sich mit unserer Pucki gut verstehen werden. Sie können tun und lassen, was Sie wollen, Pucki. Nur keinen Krakeel! Wenn Tri oder Flo frech sind, strafen Sie sie nach Belieben. Damit ist die Sache erledigt. Nur kommen Sie nicht noch zu mir mit Klagen. Das kann ich nicht ausstehen. Ich bin durch meinen Beruf sehr nervös und habe viel zu arbeiten. Um die Kinder kann ich mich da nicht kümmern. Nicht wahr, das wissen Sie, liebe Va?“

„O ja, das stimmt, Frau Edda.“

„Da hören Sie's“, lachte Frau Prell, „unsere Va kennt mich genau. So, nun langen Sie kräftig zu! Die Soße ist zwar ein wenig angebrannt, doch dafür kann unsere gute Va nicht. Sie hat heute früh meinen Mann beim Singen begleiten müssen. Unsere gute Va spielt fabelhaft Klavier.“

Alle diese Äußerungen wirbelten in Puckis Kopf wild durcheinander, als sie nach eingenommenem Mittagessen wieder in ihrem Zimmer stand.

„Jetzt legen Sie sich eine Stunde aufs Ohr“, so hatte Frau Prell geraten, „denn bei uns sind die Abende lang und die Nächte kurz. Wenn die Jungen Lärm machen, schnauzen Sie sie an.“

Was war das eigentlich für eine Stelle? Über ihre Tätigkeit hatte sie noch nichts erfahren. Frau Edda gefiel ihr eigentlich sehr gut – oder nein, sie gefiel ihr gar nicht. Und ihr Mann, der am Tisch die Zeitung las, plötzlich aufstand und fortging – – fand schon gar nicht ihren Beifall. Aber sie war ja in einer Künstlerfamilie, da ging es ganz anders zu als bei einem Kunsttischler oder im Forsthause.

Pucki schlief nicht, sie räumte ihre Sachen ein. Dann, als sie in der Küche mit Geschirr klappern hörte, schlich sie in den hinteren Flur, um jene Va näher kennenzulernen. Was spielte Va in diesem Hause für eine Rolle? Wenn sie Köchin war, konnte sie unmöglich den Sänger am Flügel begleiten und mit ihm üben.

Zögernd betrat Pucki die Küche. Valeria stand vor dem Aufwaschtisch. In dieser Küche war alles auf das modernste eingerichtet: Ein elektrischer Kochherd, kaltes und warmes Wasser, Fußboden und Wände gekachelt. Es sah blitzsauber aus. Valeria ließ das heiße Wasser über die Teller laufen. Neben ihr stand Tristan und trocknete Gläser ab.

„Wollen Sie auch helfen?“ rief ihr Valeria zu. „Heute brauchen wir keine Hilfe. Nachher kommt die Aufwartung zum Aufwischen der Küche. Wir haben wieder Geld. Alles ist bezahlt! Die Leute stellen sich wieder ein.“

„Ja, das Geld regiert die Welt“, sang Tristan.

„Halte die große Flappe, Bengel!“ schalt Va.

„Wenn Sie etwas zu helfen haben“, begann Pucki zögernd, „will ich es gern tun.“ Erst jetzt hatte sie Gelegenheit, die klavierspielende Köchin genauer zu betrachten. Valeria Kommak fing den forschenden Blick auf.

„Ihnen steht die Neugier auf der Nasenspitze“, lachte sie. „Sie sind noch ein ganz junges Ding und wundern sich über alles, was sie hier sehen. Sie werden sich noch über vieles wundern. In diesem Hause gibt es nur zwei Möglichkeiten: Entweder man macht mit und fühlt sich zufrieden, oder man läuft schon am dritten Tage wieder fort. Es wird auf Sie ankommen.“

„Ja, alles ist hier recht komisch.“

„Komisch – freilich, aber interessant! An Ihnen wird es liegen, ob Sie sich einleben oder nicht. Wenn Sie Gnade vor den Augen des Hausherrn finden, wenn Sie die Launen Frau Eddas lachend ertragen, ist alles gut.“

„Wie soll ich Gnade finden, wie büßen meine Schuld?“ sang Tristan, und Valeria versetzte dem singenden Knaben mit dem Kochlöffel einen leichten Schlag. „Das ist ein Schreihals. Alle Partien kann er singen. Jetzt gröhlt er wieder aus „Tannhäuser“. An etwas Vernünftiges denkt der Junge nicht. Für nichts anderes hat er Interesse, als nur für die Opern-Partien, die sein Vater studiert. Die Schulweisheiten vergißt er von heute auf morgen."

Tristan stellte sich lachend an die Küchentür, um aus dem Bereich des Kochlöffels zu kommen. Dann sang er wieder: „All mein Erinnern ist mir schnell geschwunden, und nur des Einen muß ich mich entsinnen – –"

„Daß nie mehr ich gehofft, euch zu begrüßen", fiel Florestan ein, der soeben die Küche betrat.

„Schert euch beide 'raus!" rief Fräulein Va, nahm einen Topf und warf ihn nach den Knaben. Sie flohen lachend, doch draußen im Flur klang es nochmals:

„Wo's die Ehre gilt, wo ein holdes Frauenbild, sind wir alle da, wir von Alkala!"

„Nun singt er schon wieder aus „Carmen". Ach, ist das ein Lümmel. Na, Pucki, Sie werden hier noch Ihr blaues Wunder erleben. Wenn Sie die beiden Bengels zur Vernunft bringen, bekommen Sie im Himmel einen blau gepolsterten Stuhl mit Sternen."

„Ist er hier oben wohl etwas übergedreht?" Pucki tippte sich bei diesen Worten mit dem Finger an die Stirn.

„Gott bewahre! Er ist ganz normal."

„Frau Prell sagte mir doch – –"

„Daß er verrückt ist. – Nun ja, verrückt ist er schon. Alles singt er nach, was sein Vater studiert. Hier können Sie mancherlei erleben! Mir ist er sogar schon mal an die Kehle gesprungen, als Herr Prell den Pedro im „Tiefland" studierte. Das kommt nämlich in der Rolle vor. Ich hatte Mühe, den Jungen abzuwehren."

„Sie begleiten Herrn Prell beim Gesang?"

Va lachte. „Sie möchten gern wissen, wer ich bin und welche Stellung ich bekleide? Ich bin alles, und Sie werden auch alles sein. Ich vereinige fünf bis sechs Berufe in mir. Mit zwanzig Jahren besuchte ich das Konservatorium und wollte Pianistin werden. Ich war mit meinem

Studium noch nicht fertig, da ging den Eltern das Geld aus. Dann brach ich mir den kleinen Finger. Er ist bis auf den heutigen Tag schwach geblieben. Also war es aus mit der Pianistenlaufbahn. Ich habe dann allerlei versucht. Fürs Kochen hatte ich immer Talent und Lust; auch für gutes Essen. Auf allerlei Umwegen bin ich schließlich in dieses Haus gekommen. Heute bin ich fünfunddreißig Jahre alt und fühle mich hier sehr wohl. Manchmal ist das Geld bei uns knapp, dann wieder ist Geld in Mengen vorhanden, und ich bezahle die gemachten Schulden, denn weder Herr Prell noch seine Frau wollen von der Wirtschaft etwas wissen. Das überlassen sie mir. So bin ich Kassiererin, musikalische Begleiterin, Gesellschafterin, Köchin und zeitweilig auch Kindermädchen."

„Und was will man von mir?"

„Sie sollen dafür sorgen, daß die beiden Knaben ein wenig Anstand und Ordnung lernen. Dafür sind Sie allerdings noch reichlich jung. Es wird Ihnen kaum gelingen, denn die Eltern sind merkwürdige Leute und arbeiten einem entgegen. Na, Sie werden ja sehen, ob Sie es hier aushalten können oder nicht."

„Was kann ich tun, um Gnade vor den Augen des Ehepaares zu finden?"

„Machen Sie immer ein fröhliches Gesicht. Mag in diesem Haus der Blitz einschlagen, mag unser Tenor noch so sehr toben und fluchen, Sie müssen immer ein fröhliches Gesicht zeigen, dann haben Sie gewonnen. Wenn Sie aber weinen oder gar maulen – – du lieber Gott, dann wird es schlimm. Dann können Sie was zu hören bekommen."

Pucki senkte die Blicke. Sie konnte unmöglich immer ein frohes Gesicht zeigen! Wenn es jedoch gewünscht wurde, mußte sie es tun. In diesem Hause war eben alles anders. Sie hätte gern noch mancherlei gefragt, vor allem, wie es mit ihrem Gehalt stände. Sie wagte es aber nicht. Dazu war ja auch später noch Zeit.

„Haben Sie für Ihre Auskünfte Dank, Fräulein Kommak."

„Um des Himmels willen, nennen Sie mich nicht mit meinem Familiennamen; Herr Prell kann es auf den Tod nicht leiden. Hier hat jeder nur einen Vornamen. Ich bin die Va, unsere Hausfrau ist Frau Edda."

„Und ich bin Pucki." Eine leise Glückseligkeit klang durch die Worte.

„Ich möchte wünschen", sagte Va herzlich, „daß Sie aushalten. Ich glaube, wir werden uns gut vertragen."

„Ich möchte es auch."

„Und immer vergnügt und fröhlich sein! Sie sind nun einmal hier ein Mädchen für alles, wie ich es auch bin. Jeder macht jede Arbeit."

„Ja, stopfen, waschen, flicken –"

„Das nicht! Zerrissene Wäsche wird fortgegeben oder fortgeworfen. Die Wäsche geht aus dem Haus, und für grobe Arbeiten ist eine Hilfe da. Das könnten wir nicht schaffen. Sie werden bald erleben, daß an manchen Abenden oder in den Nachtstunden fünfzehn bis zwanzig Personen hier herumwimmeln. Bis in die Küche kommen sie und fangen an, elektrisch zu kochen. Wie könnten wir uns da mit Waschen oder Flicken aufhalten?"

„Das ist alles recht komisch."

„Ja, Pucki, komisch ist es hier. Aber man hat viel Abwechslung und Freude."

Pucki erkennt ihre Pflichten

Zum zweiten Male legte sich Pucki in der neuen Stellung schlafen. Sie zog die Decke bis zu den Ohren hinauf, drehte das Licht aus und starrte ins Dunkel. Morgen mußte sie endlich einen Brief ins Elternhaus schicken und von der Veränderung in ihrem Leben berichten. Noch wußte sie nicht, was sie über ihre neue Stellung bei Prells schreiben sollte. Alles, was sich hier abspielte, erregte ihre Verwunderung, ja oft Bestürzung. Tristan und Florestan schienen zwei gutherzige Knaben zu sein, die wie wilde Rosen heranwuchsen. Sie waren beide begabt, aber faul. Frau Prell bekümmerte sich nicht darum und meinte, es wären schon oft aus faulen Schülern tüchtige Männer geworden.

„Wenn sie gar zu faul sind, meine beiden, gebe ich ihnen mal einen Schwinderling und ermahne sie. Wenn auch das nichts fruchtet, kann ich's eben nicht ändern."

Der heutige Tag hatte Pucki wieder viel Neues und Schönes gebracht. Kurt Prell, der Sänger, übte im Musikzimmer. Sie wußte, daß kurz vor Schluß der Theatersaison „Lohengrin" aufgeführt werden würde. Prell sang die Titelrolle. Begeistert lauschte Pucki seiner schönen Stimme, und erschrocken zog sie sich zurück, als sie dabei von Frau Prell ertappt wurde.

„Hallo, Pucki, haben Sie Freude am Gesang?"

„Ach, gnädige Frau, es ist wunderschön!"

„So gehen Sie nur hinein ins Musikzimmer; mein Mann ist für begeisterte Zuhörer dankbar."

„Tri und Flo toben umher, sie könnten stören. Ich wollte mich mit ihnen beschäftigen."

„Sie können nachher mit ihnen einen Spaziergang machen."

Pucki durfte wirklich ins Musikzimmer gehen. Verzückt lauschte sie dem Gesang Prells, der von Va begleitet wurde. Plötzlich erscholl aus dem Flur lautes Lärmen. Die beiden Knaben hatten beim Raufen den Schirmständer umgeworfen.

Kurt Prell fuhr wütend auf. „Wozu habe ich ein Kinderfräulein?"

Da floh Pucki aus dem Zimmer, um sich der Knaben anzunehmen. Sie fürchtete, das Wohlwollen des Künstlers für immer verscherzt zu haben, doch schon beim Mittagessen lachte der Tenor sie freundlich an und sagte:

„Schwärmen Sie für „Lohengrin"?"

„Ich habe die Oper noch nicht gesehen."

„So bringe ich Ihnen für Donnerstag eine Eintrittskarte mit."

Pucki vermochte vor freudigem Schreck nichts zu erwidern. Sie hatte mit dieser Stellung doch wirklich in den Glückstopf gegriffen.

Am Nachmittag gab es eine heftige Auseinandersetzung zwischen den Eheleuten, die Pucki bebend mit anhören mußte. Prell warf seiner Gattin vor, daß sie tagaus, tagein am Schreibtisch säße, sich um die Kinder nicht kümmerte und das Hauswesen mehr und mehr vernachlässigte.

„Wenn du wirklich eine gute Schriftstellerin wärest, würde ich nichts dagegen haben, aber du schmierst Seite um Seite voll, bildest dir womöglich ein, etwas zu leisten, und weißt genau, daß du nichts kannst."

„Du bist doch auch berühmt und – –"

„Darum willst du ebenfalls einen Namen haben. Es ist lächerlich, Edda, ich habe eine Hausfrau geheiratet, keine Schriftstellerin. Seit dich die fixe Idee beherrscht, mit einem großen Roman an die Öffentlichkeit zu kommen, ist im Hause weder Frieden noch Ordnung!"

„Mein Roman wird ein Kunstwerk."

„Und ich wiederhole dir, daß du nicht fähig bist, einen großen Roman zu schreiben. Ich habe dazu geschwiegen, als du vor Jahren dein Talent zu entdecken glaubtest. Man hat dir deine Kindergeschichten und deine kleinen Skizzen gern abgenommen. Das hat dir den Kopf verdreht. Hättest du dich mit deinen bescheidenen Erfolgen begnügt, wäre nichts dagegen zu sagen gewesen, obwohl du damals schon anfingst, die Kinder zu vernachlässigen. Und dabei sind unsere Jungen wirkliche Prachtkerle."

„Mache mich nicht ungeduldig, mein Freund, das alles hast du mir schon hundertmal gesagt. Ich werde dir durch meinen großen Roman den Beweis erbringen, daß mein Name bald in aller Welt genannt wird."

Der Tenor griff sich mit beiden Händen in die Haare. „Dieser Roman, dieser Roman! – Er ist der Nagel zu meinem Sarg! Hast du dich im vorigen Jahr nicht schon einmal an einem Roman versucht? Haben dir die Verleger nicht gesagt, daß sie ihn nicht brauchen können!"

„Darum schreibe ich ja den neuen Roman: „Das Mutterherz“.“

Prell lachte spöttisch. „Was du da schon schreiben wirst! Du hast ja kaum noch ein Herz für deine Kinder! Dir geht der Federhalter vor. Ich bitte dich nochmals, die Romanschreiberei zu unterlassen und dich mehr um das Hauswesen und um die Kinder zu kümmern. Wenn es nicht anders wird, verlasse ich das Haus!“

Frau Edda warf den Kopf in den Nacken und verließ das Zimmer.

An alles das dachte das junge Mädchen in dieser Abendstunde.

„Ich will mich hier nützlich machen, ich will mich bemühen, die beiden Knaben zum Lernen anzuhalten, damit sie den Eltern Freude machen. Vielleicht kann ich auch Frau Prell manche Ausgabe ersparen. Es ist unnötig, daß die kleinste Näherei fortgegeben wird. Bei Wallners habe ich den ganzen Tag über flicken und stopfen müssen. Dabei lernte ich allerlei. Ich will mich nützlich machen, sonst wirft man mich eines Tages auch wieder hinaus, und ich bin in den Augen der Eltern und Bekannten für immer unfähig, mich selbst durchs Leben zu bringen.“

Mit diesem guten Vorsatz wandte sich Pucki auf die andere Seite und sank gar bald in festen Schlaf. Durch heftiges Pochen an der Tür wurde sie plötzlich spät abends geweckt.

„Kommen Sie doch noch ein wenig zu uns herüber, Pucki.“

„Himmel – was ist geschehen?“ Pucki rieb sich die Augen.

„Es sind einige nette Kollegen und Kolleginnen gekommen. Es ist sehr gemütlich. Kommen Sie.“

„Ich – liege schon – im Bett.“

Frau Prell lachte belustigt auf. „Um elf Uhr schon im Bett, Kindchen? Sie kleine Schlafmütze! – Machen Sie sich rasch fertig. Wir erwarten Sie.“

Pucki drehte das elektrische Licht wieder an. Sie war müde und angeschlafen, daher hatte sie im Augenblick nicht das geringste Verlangen, hinüberzugehen. An sich wäre es für sie eine interessante Abwechslung gewesen, in Gesellschaft von Künstlern zu weilen. Jetzt aber hätte sie lieber weiter geschlafen. Sie durfte jedoch die Wünsche Frau Eddas nicht unberücksichtigt lassen, und so kleidete sie sich rasch wieder an.

Beim Betreten des Flures schlug ihr lautes Lachen ans Ohr. Vier Herren und vier Damen saßen bei Prells, und auch Va war anwesend. Pucki konnte kaum Genaueres sehen, die Luft war dick mit Tabaksqualm angefüllt. Weingläser klangen aneinander, alles schien in bester Laune zu sein.

Frau Prell machte Pucki mit den Anwesenden bekannt. Einen der Gäste hatte sie bei ihrem Antritt in diesem Hause bereits gesehen. Es war Rico Wengen, jener Herr im weißen Anzug. Er trug ihn auch heute wieder. Er ging auf Pucki zu und wollte seinen Arm um sie legen.

„Wir sind ja uralte Bekannte, nicht wahr, kleine Pucki?“

Das junge Mädchen fühlte sich beklommen. Man reichte ihr ein Glas mit Wein und stieß mit ihr an. Doch Pucki blieb zurückhaltend und mäßig. Sie erinnerte sich deutlich an einen Ausflug, den sie mit Carmen und Anna nach der Waggerburg gemacht hatte. Auch dort war Wein getrunken worden. Mit schwerem Kopf waren alle drei nach Rotenburg zurückgekehrt. Nein, es war nicht schön, zu viel Wein zu trinken.

„Trinkt, Kinder, trinkt“, sagte Frau Prell heiter. „Ihr braucht euch keine Gewissensbisse zu machen, der Wein ist bezahlt. Wir haben gerade viel Geld.“

Obwohl Pucki von jeher für Künstler reges Interesse hatte, fühlte sie sich in diesem lustigen Kreise bedrückt und unfrei. Sie mußte ständig Vergleiche anstellen zwischen hier und dem Elternhaus, der Schmanz, der Oberförsterei und dem Niepelschen Gutshause. Gewiß, die Menschen waren alle freundlich und gut zu ihr. Aber Pucki besaß nun einmal kein leichtes Künstlerblut und war zu wenig schlagfertig, um auf die sprühende Lustigkeit eingehen zu können. Außerdem biß sie der Rauch in die Augen, und müde war sie auch. An der allgemeinen Unterhaltung, die sich hauptsächlich ums Theater drehte, vermochte sie sich auch nicht zu beteiligen. So schaute sie oftmals sehnsüchtig hinüber nach der Standuhr.

Als von dort her vier Schläge erklangen, verschwand Pucki leise, um sich in ihr Zimmer zurückzuziehen und völlig erschöpft in tiefen Schlaf zu sinken.

Am anderen Morgen war es fast neun Uhr, als sie erwachte. Heißer Schreck durchfuhr sie. Die Schule begann um acht, die Knaben würden ihretwegen einen Tadel erhalten.

So schnell wie heute hatte sich Pucki in ihrem ganzen Leben noch nicht angekleidet. In der Küche herrschte tiefste Ruhe. Pucki ging ins Zimmer der Knaben. Es war leer. Ratlos schaute sie sich um. Verstreut lagen Kleidungsstücke auf der Erde, die Schranktüren waren weit geöffnet. Auf dem Fußboden war eine große Pfütze; es sah aus, als habe einer der Knaben das Waschwasser ausgegossen.

„Meine Aufgabe ist es, die Kinder zu betreuen, und ich liege im Bett und schlafe. – Ja, ich bin ein pflichtvergessener Mensch!“

Dann räumte Pucki das Zimmer auf. Die Knaben waren sicherlich heute früh in großer Eile fortgegangen. – Ob sie wohl Frühstück bekommen hatten?

Pucki ging zurück in die Küche. Sie sah keine benutzten Tassen, nur ein Topf, in dem noch ein Rest Milch war, stand auf dem Fensterbrett. Als sie daran roch, stellte sie fest, daß diese Milch angesäuert war.

„Nirgends sehe ich Brötchen. Ob Flo und Tri aus diesem Topf getrunken haben?“ ging es ihr durch den Kopf. In die Mädchenwangen stieg ein dunkles Rot. Was hatte der Vater einst zu ihr gesagt? „Wenn man Pflichten übernimmt, muß man sie peinlich genau erfüllen.“

Wie faßte sie ihre Pflichten auf! Die Knaben waren ihr anvertraut, aber sie mußten sich durch den Wecker wecken lassen. Sie gingen früh, ohne ein liebevolles Wort, ohne eine sorgende Hand zu spüren, in die Schule. Wie wäre das daheim jemals möglich gewesen! Stets sorgte die gute Mutter dafür, daß morgens für die Kinder alles bereit war. Niemals wäre sie im Bett geblieben, immer war sie als erste zur Stelle, immer stand das Frühstück fertig auf dem Tisch. – Und hier?

Pucki legte die Hände an die heißen Wangen. Wie gut, daß die Mutter das nicht sehen konnte, sie hätte den Kopf über ihre Tochter geschüttelt, die unzuverlässig und selbstsüchtig war.

„Ich schäme mich sehr, liebe Mutti. Es soll ein zweites Mal nicht wieder vorkommen. Du hast einst von einer heiligen Aufgabe gesprochen, die ich zu erfüllen habe. Ich glaube, ich kann in diesem verrückten Haus segensvolle Arbeit leisten, wenn ich mich zusammennehme, wenn ich mich bemühe, den rechten Weg zu gehen."

Erst nach zehn Uhr kam Va in die Küche. Scheu fragte Pucki, wie es eigentlich mit den beiden Knaben gehalten würde. „Wo frühstücken sie?"

„Die wissen sich zu helfen, Pucki. Hier, sehen Sie, die Milch haben sie fast ausgetrunken."

„Die Milch ist ja sauer."

„Das schadet ihnen nichts. Saure Milch ist gesund."

„Bekommen die Knaben denn kein Frühstück mit? Und was essen sie früh?"

„Wenn ich wach bin, bekommen sie Butterbrötchen, wenn ich nicht hier bin, suchen sie sich etwas Eßbares."

„Dabei können sie doch nicht gesund bleiben und groß und kräftig werden."

„Sie sind es nicht anders gewöhnt."

Pucki nahm sich in dieser Stunde fest vor, den beiden Knaben von nun an jeden Morgen ein ordentliches Frühstück herzurichten, damit sie nicht wieder nüchtern zur Schule gehen oder sich mit angesäuerter Milch begnügen mußten.

Noch ein anderes erschreckte sie, als sie im Kinderzimmer mit Ordnungmachen fortfuhr. Die beiden Knaben entwickelten eine geradezu großartige Fähigkeit, kleine Mängel an ihren Kleidungsstücken zu beheben. Knöpfe waren von links mit Sicherheitsnadeln angesteckt,

Löcher in zerrissenen Taschen mit Bindfaden umwickelt und Risse in den Blusen mit Heftpflaster geschickt verklebt.

„Ihr armen, armen Kinder", dachte Pucki, und wieder kamen ihr Vergleiche mit dem Elternhaus in den Sinn. Sorgsam schaute die Mutter jedes Kleidungsstück an; sofort wurden schadhafte Stellen ausgebessert. So war es auch bei Wallners gewesen, und so mußte es sein, wenn Kinder zur Ordnung angehalten werden sollten.

Suchend schaute sich Pucki nach Nähzeug um. Schließlich ging sie zu Va.

„Ich habe mit dem Mittagessen zu tun, Pucki", klang es auf ihre Frage zurück. „In Frau Eddas Schlafzimmer steht ein Nähtisch. Sehen Sie dort nach."

„Wann steht sie eigentlich auf?"

„Das weiß ich nicht, das ist täglich anders. Wenn sie des Abends lange am Schreibtisch sitzt, schläft sie morgens lange. Mitunter steht sie mitten in der Nacht auf. Sie meint, sie hätte nachts die besten Einfälle."

Pucki hätte gar zu gern eine Tasse Kaffee getrunken, doch wagte sie nicht, Va darum zu bitten. Die Stütze würde von selbst den Kaffee bereiten und sie rufen. So war es auch gestern gewesen.

So ging sie wieder hinüber ins Kinderzimmer. Die Sachen, an denen etwas zu nähen war, trug sie in ihr Zimmer. Sie besaß ja eigenes Nähzeug, das die Mutter kurz vor ihrer Abreise sorgsam ergänzt hatte.

„Ein junges Mädchen darf niemals ohne Nähzeug sein", so sagte sie, „das ist notwendiger als Seife und Schwamm."

Der Morgenkaffee war schließlich getrunken. Pucki saß über den Sachen der Knaben, um sie zu nähen. Sie empfand Freude darüber, daß sie die kleinen Schäden selbst beheben konnte. – Ob es die Knaben merkten? Es wäre freilich auch mancherlei daran zu flicken gewesen, doch Va konnte ihr nicht sagen, wo Stoffreste zu finden wären.

„Vielleicht oben in der Bodenkammer. Wenn Sie mal hinaufgehen wollen; hier ist der Schlüssel."

Pucki war sofort bereit. Sie war von dem brennenden Wunsch erfüllt, für die Knaben alles in peinlichste Ordnung zu bringen. Die armen Kinder, die ohne ein ordentliches Frühstück zur Schule gehen mußten, die abgerissene Knöpfe mit Nadeln an die Kleider stecken mußten, sie sollten von nun an etwas anderes kennenlernen! Sie sollten ihre Fürsorge empfinden und dadurch glücklich werden.

Beim Betreten der Bodenkammer stieß das junge Mädchen einen leisen Schrei aus. Selbst beim Schmanzbauern sah die Rumpelkammer nicht so aus wie dieser Raum! Da lag alles durcheinander. Ein hochelegantes Schleppkleid aus rosa Seide war über eine Kiste mit Stroh geworfen worden. Daneben lagen alte Stiefel, noch voll Straßenschmutz. Hier stand zerbrochenes Spielzeug, dort ein Stuhl mit nur drei Beinen, und daneben lagen Pappkästen, Knabenanzüge, Hüte; kurzum ein wildes Durcheinander.

Wie sollte sie hier etwas finden? Wie sollte hier Ordnung gemacht werden?

Erst gestern jammerte Frau Prell, daß ein neuer Fußabtreter gekauft werden müsse, da der alte verbraucht sei. Und hier, vergraben unter altem Trödel, lagen zwei fast neue Kokosmatten.

Pucki begann zu kramen. Da in der Bodenkammer mehrere Schränke standen, nur zum Teil mit Sachen angefüllt, hing sie die umherliegenden Kleider hinein. Dabei stellte sie fest, daß zwei der Knabenanzüge hier weit besser waren als jene, die Flo und Tri zur Zeit trugen. Sie beschloß, die Anzüge mit hinunterzunehmen, aufzubügeln und die fehlenden Knöpfe anzunähen. Auch die beiden Kokosmatten wurden mitgenommen und die schlechte gegen eine gute ausgetauscht. Nach längerem Suchen fand Pucki in einer Kiste auch allerhand Stoffreste. Nun konnte sie an die Arbeit gehen! Weder Tri noch Flo durften jemals wieder mit zerrissenen Hosenböden die Schule besuchen.

Ihr Gesicht strahlte, als sie in ihrem Zimmer bei der Arbeit saß und ein Stück nach dem anderen ausbesserte. Es waren mitunter nur wenige Stiche zu machen. An anderen Anzügen mußten freilich ganze Teile eingesetzt werden. Pucki arbeitete mit glühenden Wangen. Heiße Freude überkam sie, wenn sie daran dachte, daß sie hier Gutes und Zweckmäßiges leisten konnte.

„Was machen Sie denn da?“ Frau Edda Prell trat ins Zimmer. Sie war in einen schleppenden Morgenrock gehüllt und sah noch recht verschlafen aus.

„Sehen Sie, Frau Edda, alles das ist schon fertig ausgebessert. Ich sehe die Sachen der Knaben durch. Es macht mir viel Freude!“

„Ach, Kindchen, ich sagte Ihnen doch schon: der ganze Trödel kommt von Zeit zu Zeit zur Flickfrau.“

„Das ist gar nicht nötig. Ich kann es allein machen.“

„Sie können nähen?“

„Ein wenig, für solche kleinen Schaden reicht es aus.“

„Goldkind – herrlich ist das! Ich zersteche mir dabei die Finger. Nun lasse ich das Nähen lieber bleiben. Ein Fingerhut ist ein gräßliches Gerät, und ohne ihn geht es nicht gut. Ich muß Ihnen ein wenig zusehen, Pucki.“

„Ich war oben in der Bodenkammer und fand diese beiden Anzüge. Sie sind tadellos – –“

„Sie sind Tri zu klein geworden. Man hätte sie längst verschenken können.“

„So werden sie Flo passen.“

„Richtig! – Daran habe ich gar nicht gedacht. Herrlich! Ich habe nämlich augenblicklich kein Geld über, und doch müßte Flo einen neuen Anzug haben. Pucki, Sie sind ein prachtvolles Geschöpf!“

„Ach nein, Frau Edda, die Knaben gingen heute früh zur Schule, und ich habe noch geschlafen. Sie bekamen keinen Kaffee, keiner strich ihnen die Brötchen. Ich habe meine Pflichten arg vernachlässigt.“

Helles Lachen kam aus Frau Eddas Munde. „Die verhungern nicht, die wissen sich allein zu helfen. Wenn sie Hunger haben, futtern sie die Vorratskammer leer."

„Es würde ihnen gewiß lieber sein, wenn sie sich früh an den gedeckten Tisch setzen könnten."

Frau Edda zog die Stirn kraus. „Soll ich vielleicht wegen der Kinder meine Nachtruhe opfern?"

„O nein", sagte Pucki hastig, „dazu bin ich doch da. Ich werde es in Zukunft tun. Bitte, lassen Sie mir die Freude. Es ist ja auch meine Pflicht."

„Pucki, machen Sie nicht so viel mit den Jungen her. Doch das bleibt Ihnen überlassen. – Nein, wie rasch Sie nähen können. Ich finde das großartig! Doch nun will ich frühstücken."

Frau Edda ging wieder davon. Pucki atmete schwer. „Wie glücklich kann ich sein, eine Mutter zu haben, die in unendlicher Liebe für mich sorgt. Es ist gut, wenn man Kindern viel Liebes und Schönes antut. Ich will es hier nun auch so machen, wie es unsere Mutti hält. So wird es richtig sein."

Kurz nach ein Uhr kamen die beiden Knaben aus der Schule. Ihr erster Weg war in die Küche, von dort in die Speisekammer.

„Eine Schnitte, Va, ich sterbe vor Hunger", rief Tri.

„Und mir ist ganz schlecht! Gib mir mal ein Stück Wurst, Tri!"

„Es gibt in einer halben Stunde Mittagessen", zürnte Va.

„Bis dahin bin ich tot", rief Tristan.

Va ließ es schweigend geschehen, daß die Knaben von der Wurst ein ansehnliches Stück abschnitten, in die Hände nahmen und kauend in ihr Zimmer gingen.

Pucki hatte die Kinder gehört. Sie rief nach ihnen. „Dir, Göttin der Liebe, soll mein Lied ertönen", schmetterte ihr Tri entgegen. „Was willst du von uns?"

„Erzählt mir, wie es euch in der Schule ergangen ist! Wer hat etwas gewußt?"

„Ich nicht", klang es zur gleichen Zeit aus beider Mund.

„So wollen wir von heute an gemeinsam die Schularbeiten machen und so lange lernen, bis ihr etwas wißt. Das macht nämlich viel Spaß."

„Hast du 'ne Ahnung", lachte Flo, „das macht uns gar keinen Spaß."

„Ich brauche nichts zu lernen", schrie Tri. „Ich werde mal ein berühmter Sänger wie der Vater. Damit ist es gut. – Du, Pucki, heute sollte ich eine ganze Stunde nachsitzen. Schließlich schenkte sie mir der Lehrer."

„Was hast du denn angestellt, Tri?"

„Der Studienrat hat mich immerfort gefragt. Da habe ich nichts zu antworten gewußt."

„Das ist aber schlimm!"

„Hast du denn in der Schule gelernt? Warst du fleißig?"

„Nicht immer", gestand Pucki kleinlaut.

Die beiden Knaben lachten.

„Aber später habe ich gut gelernt. Mir hat einmal eine alte Leierkastenfrau erzählt, daß man durch Faulheit sein ganzes Leben verpfuschen kann. Das machte tiefen Eindruck auf mich. Ich war immer ein recht unnützes Mädchen und habe manchen dummen Streich ausgeführt."

„Erzähle mal!" riefen die Knaben wie aus einem Munde. „Aber recht was Dolles! Irgendwas zum Lachen."

„Ach, da könnte ich euch allerlei erzählen. Und da ihr einen berühmten Vater habt, der sicher auch oft angeschwärmt wird, – –"

„Ja, hinter meinem Vater laufen viele Mädchen her."

„Das hab' ich auch mal gemacht. In unseren Ort kam einmal ein berühmter Rennfahrer; er hieß Ikonda."

„Von dem habe ich schon gehört! Kennst du den?“

„So ein bißchen. Er kam also in unsere Stadt und wohnte im Hotel. Die ganze Klasse hatte sich vor das Hotel gestellt. Damit er uns nicht entwischen konnte, wurden alle Ausgänge besetzt. Dann bin ich zu ihm ins Zimmer gegangen und habe ihn gebeten, mir ein paar Worte aufzuschreiben. Ich sammle nämlich Unterschriften von berühmten Leuten.“

„Hat er dich 'rausgeschmissen?“

„Rausgeworfen hat er mich gerade nicht, aber freundlich war er auch nicht. Er hat mir sogar einen Vers auf einen Zettel geschrieben, der mich mächtig ärgerte.“

„Was hat er geschrieben?“ wollte Flo wissen.

Pucki schlug sich mit der flachen Hand auf den Mund. Diesen Vers durfte sie unter keinen Umständen den Knaben sagen. Es war töricht gewesen, überhaupt von dieser dummen Angelegenheit zu erzählen. Sie lenkte daher schnell ab.

„Ein anderes Mal bin ich in einer Konditorei gewesen und konnte nicht bezahlen, da bin ich im Galopp hinausgelaufen. Und einmal bin ich in einer Konditorei ausgeglitscht und lang hingeschlagen.“

Die Knaben schrien vor Lachen. „Das möchte ich sehen!“

„Es war scheußlich, Tri.“

Die Knaben rückten jetzt ganz dicht an sie heran. „Nun erzähle noch mehr. Was hast du sonst noch ausgefressen?“

„Mittagessen“, scholl es vom Flur her.

Pucki legte die Arbeit zusammen und wollte sich erheben. Doch die Knaben drückten sie wieder nieder. „Erzähle erst mal, wie du 'runtergefallen bist, aber ganz genau“, drängten sie.

„Wir sollen zum Essen kommen, Kinder.“

„Das hat keine Eile, Va kann es warm stellen.“

„Nein, Tri, das geht nicht. Ordnung muß sein! Um Ordnung zu halten, bin ich hergekommen. Nach dem Essen erzähle ich alles ganz genau."

„Ach, lieber jetzt", bat Flo stürmisch. „Das Essen läuft nicht davon. Der Vater läßt es auch oft warm stellen."

„Du bist aber nicht der Vater, Flo. – So, nun kommt! Jetzt gehen wir hinüber ins Eßzimmer. Ihr habt doch sicherlich großen Hunger?"

„Fürchterlichen Hunger haben wir. – Erzählst du uns auch wirklich und wahrhaftig nach Tisch weiter? Oder willst du uns nur los sein, wie es die Mutter immer macht?"

Pucki legte zärtlich die Arme um die Knaben. „Ich erzähle wirklich und wahrhaftig weiter. Wenn ihr hübsch artig seid, erzähle ich euch jeden Tag etwas. Ich habe nämlich schon furchtbar viel erlebt."

„Au, fein!" klang es begeistert zurück.

Rechts hakte sich Tristan, links Florestan in Puckis Arm. So betraten die drei das Eßzimmer. –

Wie die Knaben hungrig das Essen hinunterschlangen! Natürlich, wenn sie morgens nur ein wenig saure Milch tranken, hatten sie quälenden Hunger. Doch von morgen an sollte es anders werden, morgen gab es außer dem Frühstück noch belegte Brote mit zur Schule. Dafür wollte Pucki Sorge tragen. Da sie Zutritt zu den Vorräten hatte, machte es keine Schwierigkeiten, die Knaben gut zu versorgen.

„Na, fertig mit der Näherei?" fragte Frau Edda freundlich. Sie wandte sich zu ihrem Mann: „Staune einmal unsere Pucki an. Sie sitzt im Zimmer und flickt den Knaben die Sachen. Sie fand in der Bodenkammer auch noch zwei brauchbare Anzüge für Flo. Willst du sie dafür nicht loben?"

Puckis Gesicht färbte sich dunkelrot.

„Nähen können Sie?" fragte der Sänger bewundernd. „Können Sie mir vielleicht diesen Knopf annähen? Er hängt nur noch an einem Faden, das macht mich nervös. Ich muß ständig auf das Ding sehen."

„Aber gern!"

„Nee, Vater, heute nachmittag darf sie nicht nähen. Da muß sie uns was erzählen", riefen die Knaben.

„Ich nähe und erzähle dabei", begütigte Pucki.

„Vater, Pucki hat in ihrem Leben schon furchtbar viel erlebt. Das will sie uns erzählen."

Herr Prell blickte in das Gesicht des jungen Mädchens und lachte. „Nun ja, Fräulein Pucki, erzählen Sie den beiden Kröten nur ruhig lustige Streiche. Aber", seine Stimme wurde böse, „ich bitte mir aus, daß ihr heute nachmittag die Schnäbel haltet. Ich habe zu lernen. Wenn ihr Krach macht, dann gibt's was!"

„Was erzählst du uns noch?" flüsterte Flo.

Pucki überlegte einige Augenblicke. „Vom Himmelskästchen, von der alten Schmanzgroßmutter, von unserem einsamen Forsthause inmitten des schönen Waldes, von Mucki und Pucki, und wie ich Schneeschuh lief und verunglückte. Und noch von einem Auto, in dem ich als ganz kleines Mädchen fuhr und schließlich in der Garage eingeschlossen wurde. Das war besonders schrecklich!"

Die Knaben warteten darauf, daß Pucki mit dem Essen fertig war. Als sie den letzten Bissen in den Mund steckte, erhoben sich beide Knaben.

„So, nun komm!"

„Aber Kinder", sagte Pucki leise, „ihr müßt doch am Tisch sitzen bleiben, bis Vati und Mutti sich erheben."

„Warum müssen wir sitzen bleiben?"

„Wenn Sie wollen, liebe Pucki, gehen Sie ruhig mit den Kindern los", sagte Frau Prell freundlich. „Ich bin noch lange nicht fertig."

Der Sänger war aufgestanden, zog die Jacke aus und reichte sie Pucki. „Denken Sie an den Knopf?"

„Ja, gern – –"

„Wollen Sie nicht noch eine Zigarette mit uns rauchen, Pucki?"

„Ach nein, komm mit uns", rief Flo. „Du sollst uns doch von deinen Streichen erzählen. – So komm doch endlich!"

Von beiden Knaben wurde sie aus dem Eßzimmer gezogen.

Und nun saß sie wieder in ihrem Zimmer, die Knaben ihr zu Füßen. Puckis Finger hielten die Nähnadel. Mit größter Sorgfalt untersuchte sie alle Knöpfe des Jacketts und nähte sie fest. Dabei erzählte sie unablässig von ihren Erlebnissen im Schiller-Gymnasium. Von Zeit zu Zeit wurde ihr Bericht durch herzliches Lachen unterbrochen.

„Hier, Tri, des Vaters Jacke ist fertig. Lauf und trage sie ihm hinüber."

Tri nahm das Kleidungsstück, öffnete die Tür und schleuderte die Jacke in den Flur hinaus. Dabei rief er laut: „Vater, sie ist fertig!" Dann flog die Tür wieder zu und schon hockte er erneut zu Puckis Füßen. „So, nun erzähle was anderes."

„Nein, mein lieber Junge, jetzt holst du die Jacke und bringst sie dem Vater hinüber ins Eßzimmer."

Tristan schlug seine großen, sprechenden Augen treuherzig zu Pucki auf. „Warum denn? Er findet sie schon."

„Nein, mein Junge, so geht es nicht. Du bringst sie ihm hinüber."

„Na, meinetwegen, weil du uns so hübsch erzählt hast. Doch fang nicht eher wieder an, als bis ich wieder da bin."

Tristan kam sehr schnell zurück. Dann baten die Knaben erneut um eine Geschichte, und Pucki erzählte den gespannt lauschenden Knaben von dem Himmelskästchen mit den schwarzen und weißen Bohnen. Als sie endlich geendet hatte, sagte sie herzlich: „So, nun geht an die Schularbeiten."

Wieder fragte Tristan: „Warum denn?"

„Weil ich möchte, daß ihr zwei tüchtige Menschen werdet."

Es dauerte aber noch ein ganzes Weilchen, ehe die Buben bereit waren, mit den Schularbeiten anzufangen. Sie kamen damit in Puckis Zimmer.

„Wenn du schon willst, daß wir arbeiten sollen, dann bei dir, denn hier ist es hübscher als drüben."

Die erste Oper

Noch immer schüttelte sich Pucki vor Lachen, wenn sie an den heutigen Vormittag dachte. So etwas war ihr noch nicht vorgekommen. Herr Prell hatte sie ins Musikzimmer gerufen, in dem Valeria am Flügel saß.

„Da Sie Noten kennen", begann der Sänger, „müssen Sie uns heute ein wenig aushelfen. Ich studiere eine Partie lieber, wenn mir bei den Duetten der Einsatz von der Partnerin gegeben wird. Va hilft Ihnen, sie gibt Ihnen die Töne an. Sie verstehen doch ein wenig von Musik, Pucki?"

„Ich soll singen?"

„Nur ein wenig! Ich verlange durchaus nichts Schwieriges."

„Ich soll singen", wiederholte Pucki und begann zu lachen.

„Was ist denn dabei zu lachen? Sie kennen Noten, die Sache ist also höchst einfach. Ich weiß, was ich von einem Dilettanten verlangen kann. – Va, spielen Sie die Stelle vor. Ich beginne: „Wie habe ich dich gesucht, in all den Tagen", – – und dann setzen Sie ein: „Ich hab' dich wieder, oh, höchstes Glück!" – Va, geben Sie die Melodie an!"

Pucki schaute bald auf den Tenor, bald auf die Stütze. „Ich habe nur wenige Jahre Klavierunterricht gehabt und so gut wie gar nichts gelernt. Singen kann ich gar nicht, ich habe keinen vernünftigen Ton in der Kehle und weiß nicht, ob ein Ton höher oder tiefer ist. Ich bin gänzlich unmusikalisch und wurde in der Schule von den Gesangsstunden befreit."

„Mund halten", rief der Tenor, „es geht los!" Dann fing er in süßestem Piano an: „Wie hab' ich dich gesucht, in all den Tagen."

„Aber ich – –"

Herr Prell machte eine Bewegung mit der Hand, als wolle er Pucki einen Schlag versetzen ... „gesucht in all den Tagen ..."

„Aber – – ich – –"

Va warf Pucki einen warnenden Blick zu und gab ihr den Ton an. Dann sang sie leise: „Ich hab' dich wieder."

„Zum Kuckuck, so singen Sie doch!"

„Ich kann nicht!"

„Singen Sie! – –" Und wieder begann er: „Wie hab' ich dich gesucht in all den Tagen."

Va nickte Pucki ermunternd zu. Schließlich begann Pucki mit ihrer Brummstimme, indem sie alles auf einen Ton sang: „Ich hab' dich wieder, oh, höchstes Glück!"

Prell hielt inne und schaute auf das junge Mädchen, das mit unglücklichem Gesicht am Flügel stand und weiterbrummte: „Ich hab' dich wieder, oh, höchstes Glück!"

Lautes Lachen kam aus dem Munde des Künstlers. „Können Sie's nicht anders, Pucki?"

„Nein", tönte es kläglich zurück.

Prell lachte erneut auf, bis ihm die Tränen aus den Augen kollerten.

„Solch eine Sängerin können wir freilich nicht brauchen! Bleiben Sie lieber bei den Kindern! Kümmern Sie sich um die Bengels."

„Ich kann's wirklich nicht besser, Herr Prell."

„Das habe ich gemerkt, Sie niedliches, kleines Brummeisen. Dann muß es eben ohne Sie gehen. Nun mag Tri singen: „Ich Hab' dich wieder, oh, höchstes Glück." Sie sind entlassen, Pucki!"

Das junge Mädchen verließ recht betreten das Musikzimmer, doch bald kehrte ihre Fröhlichkeit zurück. Als sie Prell weitersingen hörte, lachte sie schließlich so sehr, daß auch ihre Augen feucht wurden.

Beim Mittagessen berichtete der Sänger von dem herrlichen Duett, das er mit Fräulein Pucki gesungen hatte. Die beiden Knaben schrien vor

Vergnügen. Tristan fiel Pucki um den Hals und sang, allerdings noch reichlich falsch, da der Vater die neue Partie erst studierte: „Ich hab' dich wieder, oh, höchstes Glück!“

Dann lachten alle, und Frau Prell schenkte dem jungen Mädchen ein hübsches Armband. „Zum Andenken an Ihr erstes Auftreten.“

In dieser fröhlichen Stimmung wurde ein Brief an die Eltern, ein zweiter an Hans Rogaten und ein dritter an Claus Gregor geschrieben. Auch Carmen wurde nicht vergessen. Pucki schilderte mit begeisterten Worten ihren neuen Wirkungskreis.

„Hier bleibe ich, hier hoffe ich mancherlei Gutes wirken zu können. Herr und Frau Prell sind komische, aber reizende Menschen. Außerdem freue ich mich, unter Künstlern leben zu können. Ihr wißt ja, wie sehr ich für sie schwärme. Fürchtet nicht, daß ich zur Oper gehe. Mein erstes Auftreten mißglückte.“

Seite auf Seite wurde gefüllt. Die Briefe atmeten Fröhlichkeit und Zufriedenheit.

Was würde ihr der heutige Abend bringen? Herr Prell trat als „Lohengrin“ auf, als Gralsritter in silberner Rüstung. Pucki kannte das Textbuch, das ihr Frau Prell gegeben hatte, fast auswendig, und Tri sorgte dafür, daß ihr verschiedene Melodien bekannt wurden.

„„Lohengrin“ ist ein herrliches Werk! Ich kann den Abend kaum erwarten. Es wird herrlich sein! Ich begreife nicht, daß deine Mutti und Va nicht mitkommen wollen.“

„Weil sie den „Lohengrin“ schon zwanzigmal gesehen haben.“

Am Nachmittag mußte Pucki den Kindern, nachdem die Schularbeiten beendet waren, wieder eine Geschichte aus ihrem Leben erzählen. Und da Pucki von Erziehung herzlich wenig Ahnung hatte, berichtete sie den gespannt zuhörenden Knaben von der Lehmgrube und den drei Niepelschen Knaben. Sie schilderte begeistert die dicke Pampe, die sich an Schuhen und Strümpfen festgesetzt hatte und das Gehen erschwerte.

„Das muß fein gewesen sein“, sagte Flo. „Schade! – Wir haben hier in Nürnberg keine Lehmgrube. Das möchte ich auch machen!“

„Es war wirklich lustig! Sogar die Kleider waren voller Lehm.“

„Wir müssen eine Lehmgrube finden“, sagte Tristan. „Wir wollen uns auch mal gründlich beschmieren. Das macht Spaß!“

Nun erst kam der jungen Erzählerin zum Bewußtsein, daß sie einen Fehler begangen hatte. Ein Glück, daß keine Lehmgrube zu finden war, denn es wäre für sie kein Vergnügen gewesen, die Anzüge vom Lehmschmutz zu reinigen.

„Bist du schon mal auf der Burg gewesen?“ fragte Tri.

„Nein“, sagte Pucki, „ich habe noch nichts von Nürnberg gesehen. Ich bin doch nicht hergekommen, um meinem Vergnügen zu leben. Ich bin in Stellung gegangen; da darf man eigene Wünsche nicht haben. Ich war, ehe ich hierher kam, in Eisenach. Dort wollte man mir nicht erlauben, daß ich die Wartburg besichtigte. Nur einmal war ich dort, aber da hat man mich sehr ausgescholten, weil ich zu lange fortblieb.“

„Das ist ja verrückt“, sagte Tristan. „Wenn man sich was ansieht, dann soll man es auch gründlich tun.“

„Ganz recht“, pflichtete ihm Pucki bei. „Die Leute, bei denen ich war, waren keine freundlichen Menschen.“

„Erzähle mal!“

„Da war ein scheußlicher Großpapa – –“ Pucki freute sich, aus dieser Notzeit ihres jungen Lebens erzählen zu können. Sie ahmte den Tonfall des Großvaters und den der Frau Wallner nach und freute sich, daß die Knaben herzlich lachten. „Ja, einfach scheußliche Menschen waren es. Ich war froh, als ich fortkam.“

Daß Pucki mit diesen Schilderungen vor allem sich selbst keinen Dienst leistete, wußte sie in ihrer Unerfahrenheit zunächst wieder nicht. Erst eine Stunde später, als Tristan und Florestan der Mutter lachend berichteten, wie der Großvater Wallner gemeckert und wie Frau Wallner Pucki behandelt hatte, runzelte Frau Prell leicht die Stirn.

„Zum Singen sind Sie nicht zu gebrauchen, Pucki, aber schauspielerisches Talent scheinen Sie zu haben. – Werden Sie meinen Mann und mich auch vor den Kindern nachmachen? Das wäre mir nicht lieb."

Jetzt erst kam es Pucki zum Bewußtsein, daß sie wieder etwas falsch gemacht hatte. – –

Abendbrot mochte sie heute nicht essen. Ihr Denken und Sehnen war auf den „Lohengrin" gerichtet. Obwohl sie einen guten Platz hatte, saß sie schon eine halbe Stunde vor Beginn der Vorstellung auf dem roten Polstersessel und starrte den geschlossenen Vorhang an. Welche Wunder würden sich ihr am heutigen Abend erschließen?

Die Vorstellung versetzte das junge Mädchen in einen Rausch. Sie vergaß alles um sich her. Auch während der Pause blieb sie auf ihrem Platz sitzen; sie liebte und litt mit Elsa. Und als Lohengrin auf die Frage nach seinem Namen schmerzdurchzittert sang: „Weh, nun ist all unser Glück dahin", schluchzte Pucki so laut vor sich hin, daß die Umsitzenden aufmerksam auf das junge Mädchen wurden. Lohengrins Leid schnitt ihr tief ins Herz. Und als er zum Schluß in den Kahn stieg und davonfuhr, blieben Puckis Augen nicht mehr trocken. Ergriffen verließ sie das Theater.

Pucki wollte sich leise in die Wohnung schleichen; doch schon von der Straße aus sah sie die hellen Fenster der Wohnung. Es waren also wieder Gäste bei Prells.

„Nur jetzt mit keinem Menschen reden müssen und keinen sehen!" dachte Pucki.

Im Flur traf sie einen älteren Herrn, den sie schon vor Tagen gesehen hatte.

„Nun, wie war's im Theater, kleiner Puck?" fragte er.

„Ganz herrlich!“ sagte Pucki. „So etwas Schönes habe ich noch nie gesehen!“

Dann eilte sie in ihr Zimmer und schloß es ab.

Der Schauspieler ging zu Frau Prell und erzählte von den begeisterten Worten der jungen Hausgenossin.

„Sie kommt aus dem „Lohengrin“, sie hat zum erstenmal die Oper gehört und ist achtzehn Jahre alt. Ich glaube, das erklärt alles. Wir wollen sie holen, damit sie mit uns fröhlich ist.“

Va wurde geschickt, um Pucki zu holen.

„Pucki, kommen Sie nach vorn, es ist eine fröhliche Gesellschaft da.“

„Nein, Va, ich möchte nicht kommen. Nach dieser schönen Oper möchte ich lieber für mich allein bleiben.“

Pucki, die sonst einen gesunden Schlaf hatte, fand in dieser Nacht nicht so rasch Ruhe. Immer wieder sah sie die Bilder der Oper, und die schönen Melodien klangen noch in ihrem Ohr.

Schließlich fand sie endlich Schlaf. Am nächsten Morgen, Punkt sieben Uhr, als der Wecker schnurrte, sprang sie aus dem Bett, zog sich rasch an und bereitete den Knaben in der Küche das Frühstück.

Im Kinderzimmer wurde es bald lebhaft. Die Knaben, von jeher sich selbst überlassen, wurden durch ihre eigene Uhr geweckt. Sie wunderten sich, daß Pucki ihnen seit zwei Tagen jeden Morgen das Frühstück bereitstellte und ihnen Butterbrote für die Schule mitgab. Solch liebevolle Fürsorge waren sie nicht gewohnt! Ebenso erstaunt waren sie darüber, daß sie abgerissene Knöpfe nicht mehr anzustecken brauchten und daß zerrissene Strümpfe gestopft waren.

„Ob sie heute wieder da ist“, fragte Tri, während er sich ankleidete.

„Fein wäre das“, meinte Flo. „Sei mal ganz still, ich glaube, sie klappert schon mit den Tassen.“

Vier blaue Kinderaugen leuchteten auf, als sie Pucki hörten. Sie trug die Tassen ins Eßzimmer, deckte nett den Tisch und legte die gestrichenen Semmeln den Knaben auf die Teller.

Die Knaben kamen ins Zimmer. Stürmisch umhalsten sie Pucki. „Herrlich, wieder Frühstück!"

Den Knaben schmeckte das Frühstück prächtig. Pucki steckte den beiden die Butterbrote in die Mappen, betrachtete sie, ob sie ordentlich und sauber aussähen, und holte schließlich die Mützen.

„Beeilt euch! Sind die Schulsachen auch in Ordnung? Habt ihr an alles gedacht?"

„Ja, Pucki."

Sie schloß die Korridortür auf, strich den Knaben liebevoll über die Wangen und sagte: „Nun lauft, paßt gut auf und kommt gesund zurück, ihr süßen Bengels."

Flo, der schon auf der ersten Treppenstufe stand, kam noch einmal zurückgelaufen. „Du bist gut, ich habe dich lieb!" Er drückte einen raschen Kuß auf Puckis Wange und eilte davon.

„Wie schön ist es hier", sagte Pucki, als sie zurück in ihr Zimmer ging.

Möglichst geräuschlos räumte sie das Kinderzimmer auf. Als sie damit fertig war, kam Va.

„Einfach fabelhaft, Pucki, was Sie leisten. Aber – – wie war's denn nun im Theater, erzählen Sie mal!"

Und nun konnte Pucki gar nicht genug von dem schönen Abend schwärmen.

„Sie müssen öfters ins Theater geschickt werden, damit Sie recht viele schöne Opern kennenlernen."

Gegen zwölf Uhr sah Pucki den Sänger. Er war im Schlafrock und reichte Pucki die Hand zum Morgengruß.

„Sie herrliche kleine Sängerin, habe ich Ihnen gestern abend gefallen?"

Pucki sagte nichts. Mit schwärmerischen Blicken schaute sie ihren Lohengrin an. Der Schlafrock störte sie an diesem Recken. Wie konnte er heute schon wieder so vergnügt lachen! War er gar nicht von den gestrigen Ereignissen ergriffen?

Er tippte Pucki auf die Nasenspitze. „Geweint?“

„Ach, ich war so ergriffen! Sie sahen wundervoll aus. – Es war schön!“

„Ich habe Ihnen also gefallen?“

„Sie waren herrlich!“

„Schade“, sagte er, „das Theater schließt in wenigen Tagen. Sie haben keine Gelegenheit mehr, mich in einer anderen Rolle zu bewundern. Aber im Herbst werden Sie mich öfters bestaunen können. Da sollen Sie öfters Karten haben.“

Pucki verdrehte wortlos die Augen.

Seit diesem Tage hegte sie eine schwärmerische Verehrung für den Sänger.

Unwillkürlich gingen ihre Gedanken zurück in die Schulzeit. Da war Studienrat Regelius gewesen, ein schöner Mann mit dunklem Lockenhaar, dem das Gymnasium den Beinamen Apoll gegeben hatte. Aber auch Apoll war nach kurzer Zeit der Schwärmerei vergessen worden. Würde ihre Schwärmerei für Lohengrin auch nur von kurzer Dauer sein?

Ob die Eltern überhaupt mit ihrem Aufenthalt in diesem Hause einverstanden waren? Wenn sie einen Einblick in dieses eigenartige Familienleben genommen haben würden, hätten sie sich vielleicht entsetzt. Diese heillose Unordnung überall, diese schlechte Zeiteinteilung und dies Durcheinander! So etwas gab es daheim nicht.

Pucki dachte an die beiden Knaben, die es kaum fassen konnten, daß jemand am frühen Morgen für sie aufstand und ihnen das Frühstück bereitete. Sie hatten solch liebevolle Fürsorge mit einem großen Glücksgefühl entgegengenommen. “Ich habe dich lieb“, hatte Florestan erst heute morgen wieder zu ihr gesagt. Wie wohl das tat! Wenn auch

Frau Edda nicht gerade eine schlechte Mutter war, so verstand sie doch nicht, das Herz ihrer Kinder ganz zu gewinnen. Die Knaben hungerten unbewußt nach Liebesbeweisen. Und die wollte ihnen Pucki geben, so gut sie es vermochte.

Sie fand überall allerlei Arbeit. Man mußte sich nur umsehen. Hier war niemand, der ihr irgendeine Anleitung erteilte, niemand, der sie dauernd zu einer Tätigkeit anhielt. Sie hätte ihr Tagewerk recht bequem erledigen können, denn niemand verlangte Rechenschaft über ihr Tun und Lassen. Doch nein! Sie war nicht auf der Welt, um den Tag zu vertrödeln. Sie wollte ein nützliches Glied der menschlichen Gesellschaft werden. Alle, die ihrem Herzen nahe standen, werkten von früh bis zum Abend: Der Vater, die Mutter, die getreue Minna, alle auf der Schmanz, auch Rose Scheele, und in der Oberförsterei oder auf dem Niepelschen Gut war es nicht anders. Und auch Claus Gregor, der junge Arzt, der fern in einem anderen Erdteil weilte, und Hans Rogaten, der einmal eine eigene Apotheke haben wollte: alle arbeiteten sie und waren fleißig und strebsam.

O ja, es gab auch hier Arbeit! Ob man es ihr wohl gestattete, daß sie in dem Bücherschrank Ordnung machte? Alles lag bunt durcheinander. Oder auf dem Notenständer? Die Schränke und Kommoden der Knaben hatte sie schon vor Tagen in einen vernünftigen Zustand gebracht. Dabei dachte sie lächelnd an ihre eigene Kinderzeit zurück. Damals setzte es manchen Vorwurf von Tante Grete, wenn die Schubladen liederlich aussahen.

Auch an die Klagen der Hausfrau dachte Pucki, die immer darin gipfelten, daß man zu wenig Geld hätte. Dabei wurde das Geld an manchen Tagen mit vollen Händen ausgegeben. War es nötig, daß die Gäste, die sich so oft einfanden, mit Wein und allerlei Delikatessen bewirtet wurden? Mußte jede kleinste Näherei und Flickerei zur Ausbesserin gebracht werden?

Wie oft hatte ihr die Mutter gesagt, daß man eine wertvolle Hilfe sein könnte, wenn man nur die Augen offen hielte und von selber immer dort eingriffe, wo es nötig sei. Alles das bedachte Pucki in dieser Stunde. Wenn die Eltern ihr antworten sollten, daß sie sie ungern in solcher Stelle sähen, so würde sie ihnen mitteilen, daß sie sich gerade hier sehr nützlich machen könnte.

Wie es freilich im Sommer werden sollte, wußte sie nicht. Frau Edda sprach öfters davon, daß sie ihren großen Roman, das „Mutterherz“, in einem stillen Gebirgswinkel vollenden wollte. Sie würde im Hochsommer reisen. Herr Prell dachte natürlich auch an eine Erholungsreise. Er wollte seine Ferien auf dem Landgute eines Freundes in den bayerischen Bergen verleben. Wohin aber mit den beiden Knaben? Pucki wußte es nicht. Ob sie mit dem Vater reisten? Vielleicht blieben sie auch bei ihr und Va in Nürnberg. Da das Geld knapp war, konnte sie diese Möglichkeit nicht von der Hand weisen.

Während des Mittagessens faßte Pucki wohl zum fünfzigsten Male den Entschluß, in diesem Hause von nun an nur zu arbeiten und niemals an sich zu denken, sondern stets nur für die Familie Prell zu wirken. In diese Gedanken hinein klang die helle Stimme Flos:

„Heute nachmittag gehen wir zur Burg und dann jeden Tag woanders hin, weil du Nürnberg noch nicht kennst. Oh, bei uns gibt es so viele Wege und so viel Schönes zu sehen! Wir zeigen dir alles. Wenn wir jeden Tag an eine andere Stelle gehen, brauchen wir drei Jahre, bis wir überall gewesen sind.“

„Haben Sie sich Nürnberg noch nicht angesehen?“ fragte Frau Edda.

„Nein.“

„Aber Pucki – so etwas ist mir noch nicht vorgekommen! Haben Sie gar kein Interesse für alte, historische Städte und Bauten?“

„O doch!“

„Warum sind Sie nicht längst einmal zur Burg hinaufgestiegen oder hinüber nach Fürth gefahren?“

Darauf wußte Pucki nun freilich keine Antwort. Nach den Erfahrungen in Eisenach hatte sie es nicht gewagt, auf eigene Faust und ohne ausdrückliche Erlaubnis einen ganzen Nachmittag fortzulaufen, um sich etwas anzusehen. Wie oft schaute sie sehnsuchtsvoll zur alten Barbarossaburg hinauf! Wie gern wäre sie hinaufgestiegen!

„Heute gehen wir hin“, sagte Tri.

„Selbstverständlich müssen Sie die Burg sehen, Pucki.“

„Darf ich das?“

„Aber Pucki, was ist das für eine Frage“, lachte die Hausfrau. „Sie können tun und lassen, was Sie wollen, nur um die beiden Buben müssen Sie sich kümmern. Sie haben die beiden Rangen schon so klein bekommen, daß ich mich nur selten noch über sie zu ärgern brauche. – Findest du nicht auch, Kurt, daß wir in den letzten Wochen recht artige Kinder haben?“

Tristan und Florestan stießen ein lautes Geheul aus. „Artig sind wir! – Da können wir uns ja mal wieder einen Streich leisten!“

„Wäre das Auto in Betrieb, dann könnten wir einmal in die schöne Umgegend Nürnbergs fahren. Leider ist es noch in der Reparatur, und wir müssen sie erst bezahlen.“

„Pucki, kannst du uns nicht das Auto bezahlen?“ fragte Tri.

„Ich?“ klang es entsetzt, „ich habe doch selber nichts!“ Sie verstummte jäh. Der erste Juni war längst vorbei, doch niemand im Prellschen Hause hatte ein Wort von Gehalt gesprochen. Bis heute wußte Pucki noch nicht, was sie bekommen würde. Zeitweilig hatte sie sogar Angst, daß man ihr überhaupt nichts zahlen würde, weil man gar so geringe Ansprüche an sie stellte.

„Du hast kein Geld?“ fragte Tristan. „Wir haben auch keins. Wenn du was brauchst, mußt du es Va sagen.“

„Ach – das habe ich ja ganz vergessen“, sagte Frau Prell, „ich mußte Ihnen doch am Ersten des Monats das Gehalt zahlen. – Ach, Pucki, in diesem Hause müssen Sie sich Ihr Geld fordern, daran denken wir nicht. Oder wollen Sie es anstehen lassen bis zum nächsten Ersten? Das wäre mir lieb. Im Augenblick sind wir recht knapp. Am ersten Juli bekommen Sie Ihr Geld ganz gewiß."

Pucki wagte nicht zu widersprechen. Sie überrechnete im Geist ihre Barschaft, die keine zehn Mark mehr betrug. Frau Prell nahm ihr Schweigen als Zustimmung. So wurde vom Gehalt nicht mehr gesprochen.

Auch heute erhoben sich die Knaben vom Tisch, nachdem sie den letzten Bissen in den Mund gesteckt hatten. Pucki nahm sich vor, ihnen zu erklären, daß sie warten müßten, bis alle fertig wären.

„Mach schnell, daß du fertig wirst. Wir wollen zur Burg gehen! Hast du schon den Gänsemännchenbrunnen gesehen, Pucki?"

„Und den Tugendbrunnen?"

„Wir gehen heute überall mit dir hin, den ganzen Nachmittag."

„Und die Schularbeiten?"

„Die machen wir heute abend bei dir. Erst mußt du die Burg sehen." –

Wie ganz anders war diese Besichtigung der Burg als die in Eisenach. Zwar war die Nürnberger Burg mit der Wartburg nicht zu vergleichen, doch erregte sie Puckis größtes Interesse. Beide Knaben zerrten sie zum Burghof, in dem ein großer Lindenbaum stand. Pucki staunte über den mächtigen Stamm.

„Das hier ist ein uralter Baum", sagte Tri, „er steht bald neunhundert Jahre. Dabei wächst er immer noch weiter."

Obwohl die beiden Knaben jeden Raum in dem alten Kaiserschloß kannten, gingen sie artig neben Pucki her und gaben ihr manche Erklärung. Wenn das junge Mädchen bewundernd stehen blieb und die berühmten Gemälde und Holzschnitzereien betrachtete, so lachte Tri übermütig auf.

„So 'ne komische Frau wie du, ist uns noch nicht vorgekommen. Aber du gefällst mir. Sieh mal, nähst du mir auch den Knopf wieder an, den ich eben abgerissen habe?"

„Aber Tri, du hast ja sogar ein Stück Jacke mit herausgerissen!"

„Flickst du das auch?“

„Natürlich!“

„Das ist aber schön“, rief der Knabe und umarmte seine Begleiterin stürmisch. „Weißt du, ich freue mich schrecklich, wenn du für mich nähst!“

Da vermochte Pucki über den Knaben nicht zu schelten. Im Gegenteil, sie legte zärtlich die Arme um Tri und Flo und sagte gerührt: „Wenn ihr mal eure Jacken zerrissen habt, ich flicke sie gern; aber besser ist natürlich, ihr zerreißt nichts!“

Nachdem die drei die alte Burg besichtigt hatten, drängten die Knaben zum Weitergehen. „Wir haben dir noch so viel zu zeigen: Das alte Rathaus, das Haus mit dem goldenen Bullen und das Pilatushaus. Das wissen wir alles.“

„Wir haben auch eine Wiese, auf der früher die Meistersinger gestanden haben“, erklärte Tri weiter. „Dort stand ein Singestuhl, dort haben alle die Uhrmacher, Schneider, Goldschmiedeleute und andere gesungen.“

„Ich weiß“, sagte Pucki, „es waren die Meistersinger von Nürnberg. Gibt es hier nicht auch ein Hans-Sachs-Haus?“

„Freilich, das zeigen wir dir auch noch!“

Tri eilte voran und begann laut zu singen: „Am stillen Herd, zur Winterszeit, wenn Wald und Fluren eingeschneit.“ Dann drehte er sich zu Pucki um. „Das singt der Vater in den „Meistersingern“. Die mußt du dir auch mal ansehen. Oh, die sind fein! Da prügeln sich die Schusterjungen.“

Vergeblich waren Puckis Ermahnungen, nun endlich den Heimweg anzutreten, denn die Schularbeiten müßten doch gemacht werden.

„Erst zeigen wir dir die Stadt, da ist noch viel zu sehen!“

Nun wurde Pucki bald in diese, bald in jene Straße gezogen. Hier war ein schönes Denkmal, dort ein altes Bauwerk zu bewundern.

„Kinder, jetzt müssen wir heimgehen. Es ist Abendbrotzeit", sagte Pucki endlich.

Tri hing sich in Puckis Arm. „Der Vater sagt, man darf nicht immer ans Futtern denken, wenn es was Schönes zu sehen gibt. Komm, wir gehen noch weiter."

Pucki fand so viel Freude an der Besichtigung der alten Stadt, daß sie viel zu gerne nachgab. Erst als die Sebalduskirche acht Schläge ertönen ließ, sagte sie erschrocken: „Wir müssen nun heim. Was werden die Eltern zu unserem langen Ausbleiben sagen?"

Nun ging es zurück nach der Wohnung. Prells waren nicht zu Hause. Va saß im Wohnzimmer und unterhielt sich mit zwei Schauspielern. Pucki hatte große Mühe, die Kinder in der Abendstunde noch zum Erledigen der Schulaufgaben zu bewegen. Mit den belegten Schnitten in den Händen liefen sie zunächst zum Wohnzimmer hinüber.

„Drüben ist Onkel Lewald, der Komiker vom Theater. Wenn der da ist, lacht man sich kaputt!"

„Ihr müßt aber eure Schulaufgaben noch machen."

„Ja, wir kommen gleich", klang es zweistimmig zurück.

Pucki mußte natürlich nach geraumer Zeit die beiden Kinder erst zu sich ins Zimmer holen, um endlich zu erreichen, daß die Schularbeiten noch gemacht wurden. So wurde der gute erziehliche Einfluß immer größer, den Pucki auf die Kinder ausübte.

Entsagen

Am Fenster des Prellschen Wohnzimmers saß Pucki, neben sich Tristan und Florestan. Während Pucki sich bemühte, zerrissene Handtücher auszubessern, quälte sich Tristan übereifrig damit ab, selber einen Knopf anzunähen. Florestan schaute ihm aufmerksam zu.

Von Zeit zu Zeit hielt der Knabe dem jungen Mädchen seine seltsame Handarbeit hin und fragte: „Mache ich es gut?"

Auf Puckis Gesicht lag ein großes, stilles Glück. Sie fühlte sich im Hause des Künstlers von Woche zu Woche mehr am Platz. Anfangs war ihr bange gewesen, als ihr Frau Prell Ende Juni eröffnet hatte, daß sie sich, um ihren Roman zu vollenden, für sechs Wochen nach Oberbayern in einen ruhigen Ort zurückziehen wolle. Es hatte nochmals eine heftige Szene zwischen den Eheleuten gegeben, denn Herr Prell meinte, es habe doch keinen Zweck, an diesem wertlosen Roman weiter zu arbeiten; aber Frau Edda setzte ihren Willen durch. Herr Prell war von einem reichen Verehrer für eine längere Autofahrt eingeladen worden, die ihn nach der Schweiz und Italien führen sollte. Er sagte daher kurzerhand bei seinem Freunde ab, weil ihn diese Autofahrt weit mehr lockte als der stille Landaufenthalt.

Schon zwei Tage nach Schluß des Theaters war er vergnügt abgefahren. Auch Va erklärte, daß sie eine Ausspannung von vierzehn Tagen haben müsse. Man hatte ihr diesen Urlaub sogleich zugesagt, denn Frau Prell war der Ansicht: „Sie, liebste Pucki, sind solch fabelhafter Mensch, daß Sie allein mit den Knaben fertig werden. Sie brauchen nicht zu kochen. Sie gehen mit den Knaben ins Restaurant. Das Abendbrot müssen Sie allerdings zu Hause einnehmen."

Als man Pucki später das Wirtschaftsgeld aushändigte, erschien es dem jungen Mädchen sofort ganz ausgeschlossen, täglich ins Restaurant gehen zu können. Ob sie versuchte, selber zu kochen? Die Mutter hatte sie immer in den Ferien angehalten, ein wenig die Küche mit zu versorgen. Diese geringen Kenntnisse würden ihr jetzt von großem Nutzen sein.

So wirtschaftete Pucki seit zehn Tagen allein, hatte die Verantwortung übernommen und dabei viel Freude. Die Anhänglichkeit der Knaben wuchs von Tag zu Tag. Sie ließen sich bereitwilligst von ihr anlernen, sie kochten mit ihr, gingen einkaufen und sahen es als eine Ehre an, wenn ihnen Pucki eine Arbeit übertrug, die nicht für Knaben bestimmt war. Sie wechselten mit dem Kartoffelschälen ab, und ein Hauptspaß war es für die Knaben, die süße Speise zu rühren. So erfüllte täglich frohes Lachen die Küche. Daß häufig etwas mißlang, störte keinen. Pucki wollte durchaus mit dem spärlichen Wirtschaftsgeld reichen und teilte es sorgsam ein. Auch nach dieser Richtung hin wirkte sie erzieherisch auf die Knaben, denn die Eltern hatten ihnen bisher vom Wert des Geldes noch nichts beigebracht. Nun geschah es häufig, daß Tri oder Flo von einem Einkauf zurückkamen und freudig berichteten:

„Ich bin von Frau Mutz wieder fortgegangen, denn in der Gemüsehandlung gegenüber habe ich vier Köpfe Salat für zwanzig Pfennig bekommen. Frau Mutz wollte mir nur drei geben."

Dann lobte Pucki den sparsamen Einkäufer, der das Lob mit strahlendem Lächeln einsteckte.

Gestern hatten die Drei Va zurückerwartet. Dann aber kam eine kurze Karte, in der sie mitteilte, daß sie auf ein Gut eingeladen sei und dort noch vierzehn Tage bliebe.

Die Knaben jubelten. „Fein, Pucki, dann können wir noch länger mit dir allein bleiben!"

So saßen sie fast täglich bei Pucki, machten sich nach Möglichkeit nützlich und lauschten den Erzählungen des jungen Mädchens. Geschichten erzählen, sich selbst etwas ausdenken, das war von jeher Puckis Stärke gewesen. So erfand sie immer etwas Neues, wußte um jeden abgerissenen Knopf eine Erzählung zu ersinnen und auch sonst unwichtige Ereignisse dramatisch auszugestalten.

„Schade", sagte Tri eines Tages, als sie wieder beieinandersaßen, „daß ich alles Geld, das mir der Vater hiergelassen hat, mit einem Male ausgegeben habe. Nun sind meine Taschen leer, und ich wollte dir noch was Schönes kaufen."

„Wenn du lieb bist, Tristan, machst du mir damit das schönste Geschenk. – Was hast du denn gekauft, mein guter Junge? Der Vater hat doch jedem fünfzehn Mark gegeben?"

„Fünfzehn Mark hat es gerade gekostet."

„Was denn?"

„Ein Lotterielos! Es stand an einem Laden: „Hier kann man eine Million gewinnen!" Es würde nicht mehr lange dauern."

„Aber Tristan! Wie konntest du all das schöne Geld dafür hingeben!"

„Vielleicht gewinne ich eine Million. – Oh, dann – – dann – – Ach, dann wird es sehr schön!"

„Fünfzehn Mark für ein Lotterielos!" staunte Pucki. „Bringe es doch mal her."

Tri lief fort und kam mit dem Los zurück. Ein Achtel-Los, für das er alle fünf Ziehungen hatte bezahlen müssen. Die Ziehung war schon in den allernächsten Tagen. Nun hoffte er auf eine Million! Vielleicht kam für ihn eine bittere Enttäuschung, und er gewann nichts.

„Was machst du wohl mit der Million?" fragte Pucki scherzend.

Ein leiser Schatten glitt über das frische Knabengesicht. „Tausend Mark schenke ich der Mutter, dann freut sie sich. Als sie abfuhr, hat sie geweint und gesagt: „Wenn sie tausend Mark hätte, könnte sie alles bezahlen und wäre sehr glücklich!" Nun muß sie beständig in Angst und Sorge leben. Darum muß ich tausend Mark gewinnen und noch viel mehr!"

Pucki erinnerte sich jenes stürmischen Abschieds der Frau Prell. Nun wollte der gutherzige Knabe der Mutter helfen.

„Ich werde die tausend Mark ganz gewiß gewinnen", sagte Tri zuversichtlich. „Dann lebt die Mutter nicht mehr in Angst und Sorge und wird wieder froh!"

Zärtlich zog Pucki den weichherzigen Knaben an sich. Obwohl sich Frau Prell so wenig mit ihren Kindern beschäftigte, hingen sie doch in Liebe an ihr. Sie würde glücklicher und zufriedener sein, wenn sie sich diesen prächtigen Buben mehr widmen würde, statt falschem Ruhm und falschen Ehren nachzujagen.

Sie dachte an ihre eigene Mutter, die ihr größtes Glück darin sah, die Liebe und das Vertrauen ihrer Kinder zu besitzen, und die freudig alles opferte, wenn es galt, den Töchtern eine Freude zu machen.

„Erzähle uns eine Geschichte“, drängte Flo.

Puckis Gedanken weilten noch immer bei der Mutter, und so erstand gar schnell ein Märchen in ihrem Kopf, in dem die Mutterliebe eine große Rolle spielte.

Aufmerksam lauschten die Knaben. Da war die Zauberin Hakiba, die durchaus das Kind der schönen und reichen Fürstin haben wollte. Aber die Fürstin liebte ihr Kind über alle Maßen; sie bot der Zauberin all ihr Geld und ihr Schloß mit dem schönen Garten. Doch die Zauberin Hakiba war damit nicht zufrieden.

„Ich will allem entsagen, liebe Zauberin, nur laß mir mein Kind. Ich entsage allem – allem – –!“

„Pucki, was ist denn „entsagen“?“ forschte Flo.

„Entsagen ist ein schönes Wort, mein lieber, kleiner Flo. Man entbehrt, was man sich selber wünscht, will keine Freude für sich, nur alles anderen geben. Und wenn man etwas recht gern möchte, und es kommt ein anderer, den man gern hat und der es ebenso gern haben möchte, so läßt man es ihm und entsagt also. Entsagen muß man aus Liebe für andere Menschen.“

Das war freilich eine recht seltsame Erklärung, die das junge Mädchen gab, doch Flo verstand die Worte recht gut.

„Wenn ich also eine Tafel Schokolade habe und du kommst und siehst darauf, und ich gebe sie dir, dann entsage ich.“

„Ja, Flo, genau so ist es.“

„Nun erzähle weiter“, drängte Tri.

„Die böse Zauberin Hakiba verlangte aber noch mehr von der Fürstin. Sie sollte sogar ihre Schönheit geben, denn nur dann wollte ihr Hakiba das Kind lassen.“

„Ihrer Schönheit entsagen“, murmelte Flo nachdenklich.

„Ja, Flo – und sie tat es. Sie entsagte dem herrlichen Schloß, dem Geld, dem Garten und ihrer Schönheit, gab alles für ihr Kind hin und durfte es nun behalten. Die Zauberin Hakiba ging befriedigt ab, denn nun hatte sie alles, was sie haben wollte."

Ein Weilchen war es still im Zimmer. Plötzlich sagte Tristan: „Unsere Mutter ist auch schön und hat ein Haus und vielen Schmuck, aber sie würde nicht entsagen. – So lieb hat sie uns nicht."

„O doch", rief Pucki hastig, „jede Mutter entsagt, wenn es sich um das Glück ihres Kindes handelt."

Tristan schüttelte den Kopf. Ein Lächeln huschte über sein Gesicht. „Ach nein, unsere Mutter entsagt nicht; sie will alles für sich. Aber das macht nichts, wir haben ja dich."

Flo schlang beide Arme um Puckis Hals. „Du bist anders", klang es an ihr Ohr. „Du wirst entsagen, das weiß ich."

Pucki hielt es für richtig, dieses Gespräch abzubrechen. Eine innere Stimme sagte ihr, daß die Knaben richtig empfanden. Frau Prell dachte immer erst an sich selbst, dann kamen die Knaben.

Als sie am Abend dieses Tages, wie üblich, zu den Kindern ins Schlafzimmer kam, um ihnen gute Nacht zu sagen, hörte sie gerade noch, wie Tri sagte:

„Unsere Mutter entsagt nicht."

Die folgenden Tage verliefen höchst harmonisch. Vor allem fühlte sich das junge Mädchen dadurch beglückt, daß die Kinder mit allen Anliegen vertrauensvoll zu ihr kamen und immer wieder versicherten, daß sie, seitdem Pucki im Hause weile, sich treu behütet fühlten.

„Nun kann uns kein Leid geschehen. Du paßt gut auf uns auf."

An einem Tage, als Pucki wieder einmal Tristan mit Rat und Tat beigestanden hatte, drückte er ihr das Lotterielos in die Hand.

„Ich möchte dir ganz was Schönes schenken, Pucki! Ich wünsche, daß du die Million gewinnst. Dir gebe ich sie gerne."

„Ich denke, du wolltest den Gewinn für die Mutti haben?"

„Nimm nur, ich freue mich, wenn du dich freust.“

Lächelnd nahm Pucki das Los und bedankte sich dafür. Vielleicht ersparte sie ihm damit die große Enttäuschung, vergeblich auf den Gewinn zu hoffen.

„Wenn ich nun aber wirklich die Million bekomme?“ lachte Pucki den Knaben zu.

„Ja – dann – – nu ja – –“ Weiter ließ sich der Knabe nicht darüber aus.

Schon zwei Tage später geschah das große Wunder. Pucki las in der Zeitung, daß Nummer 176 333 mit zehntausend Mark gezogen worden sei. Immer wieder schaute sie auf die Zahl. Es stimmte! Auf ihr Achtel kam die große Summe von gut tausend Mark.

Das herrliche Italien, das Land ihrer Sehnsucht stieg plötzlich wieder vor ihren Augen auf. Sie hörte das Lied des Gondoliere von Venedig, sah den feuerspeienden Vesuv. Tausend Mark! – Vier Wochen, nein, noch länger, konnte sie im Lande ihrer Sehnsucht weilen. Das mußte sie sofort an die Eltern schreiben, an Claus und an Hans Rogaten. Auch Carmen sollte es erfahren.

Pucki stürmte davon, hin zu einem Zeitungskiosk, und kaufte eine andere Zeitung. Wieder las sie die Nummer 176 333, die mit zehntausend Mark Gewinn gezogen war.

„Tausend Mark! – Ich habe tausend Mark gewonnen!“ Mit diesem Ruf betrat sie die Wohnung und umarmte Tristan und Florestan. „Kinder, Kinder, das Los hat mir tausend Mark eingebracht!“

„Mein Los?“ fragte Tristan.

„Ja, Tristan, dein Los! Ich habe gewonnen, ich bekomme tausend Mark.“

„Du bekommst tausend Mark? – – Ich habe das Los für fünfzehn Mark gekauft, und jetzt bekommst du die tausend Mark!“

Puckis jubelnde Freude kam plötzlich zum Schweigen. Zwei Kinderaugen schauten zu ihr auf, in denen Schmerz und bittere Enttäuschung zu lesen waren. – Tristans Los, das er von seinem Gelde gekauft hatte, um der Mutter tausend Mark zu verschaffen, weil ihm der Streit im Elternhaus das Herz schwer gemacht hatte.

„Wenn ich dir das Los nicht geschenkt hätte“, begann er nachdenklich, „brauchte sich die Mutter nicht zu sorgen.“ Dann ging er hinaus. Florestan folgte ihm. Pucki blieb allein im Wohnzimmer. Das Herz war ihr plötzlich schwer. Endlich ging sie den Knaben nach. Sie fand nur Tristan. Er saß vor seinem Bett und weinte.

„Ich habe dir das Los gegeben, mein Los – –“

Pucki konnte ihm nicht zürnen. Das war Kinderart. Vom Entsagen wußte ein Knabe von zwölf Jahren noch recht wenig; aber für sie war „Entsagen“ ein Wort, das sie verpflichtete. Die Italienreise schwebte ihr vor. Freude und Vergnügen für sie, nur für sie! Und hier saß ein Knabe, der vor Enttäuschung bitterlich weinte.

„Lieber kleiner Tri, wenn du auch tausend Mark gewonnen hättest, was wolltest du damit beginnen?“

„Du hast sie ja gewonnen“, sagte er, sich mühsam beherrschend.

„Wenn es aber doch dein Los wäre? Wenn ich dir das Los zurückschenken würde.“

„Mein Los?“

„Ja, weil es doch dein Los ist.“

„Oh – Pucki – –“

„Was wolltest du eigentlich mit den tausend Mark machen?“

Gespannt blickte Tristan das junge Mädchen an, dann sagte er leise: „Der Mutter schicken.“

Pucki fühlte sich plötzlich wieder leicht und frei, denn nun wußte sie, was sie zu tun hatte. Italien lief nicht fort. Vielleicht konnte sie dieses herrliche Land in zehn Jahren sehen, wenn sie sich Geld genug gespart hatte. Von selbstverdientem Gelde würde diese Reise noch viel herrlicher sein.

„Also abgemacht, mein lieber Junge, wir geben das Geld deiner Mutti. Du schenkst es ihr, denn du hast gewonnen. Es ist doch dein Los!“

„Mein Los?“

„Ja, dein Los, es sind deine tausend Mark!“

Tristan machte sich nicht lange Gewissensbisse darüber, daß er eigentlich nicht mehr der rechtmäßige Inhaber des Gewinnloses sei. Er war ganz von dem Glück erfüllt, daß er tausend Mark gewonnen hatte, die er nun der Mutter schenken konnte. Gleich jetzt wollte er das Geld abholen, und er war recht enttäuscht, als Pucki ihm sagte, daß solche Gewinne erst in einigen Wochen zur Auszahlung kämen.

Am Abend, als er wieder ruhiger geworden war, faßte Tristan nach Puckis Hand, sah ihr lange forschend in die Augen und fragte dann zögernd: „Möchtest du das viele Geld nicht auch haben, oder – hast du entsagt, weil – du mich lieb hast?“

„Das Geld gehört dir, mein lieber Tri. Ja, ich habe es dir gern wiedergegeben. Ich hätte es gar nicht behalten mögen.“

„Du hast entsagt“, wiederholte Tristan gedehnt. „Nun weiß ich ganz genau, was das für ein wunderschönes Wort ist – –“

Von den tausend Mark sprachen die beiden Knaben sehr oft. Immer wieder erkannte Pucki, wie sehr die Kinder unter den häuslichen Sorgen der Eltern litten, wie sie sich darauf freuten, durch das gewonnene Geld den Streit aus dem Elternhause zu verdrängen. –

An einem sonnigen Nachmittag klagte Florestan über große Müdigkeit. Am Abend hatte er heftige Halsschmerzen. Pucki band ihm ein dickes Wolltuch um den Hals und gab ihm heißes Zitronenwasser zu trinken. So hatte es die Mutti mit Waltraut auch immer gemacht. In der Nacht stand sie zweimal auf, um nach dem Knaben zu sehen. Er lag mit heißem Kopf im Bett und weinte leise vor sich hin.

„Morgen bist du wieder gesund, Flo, dann setze ich dich in die Sonne, und alles ist wieder gut.“

Als der Morgen kam, glühte das Gesicht des Kindes. Es klagte über furchtbare Halsschmerzen und verschmähte die Milch, die Pucki brachte. Bange Sorge bemächtigte sich des jungen Mädchens. Vater und Mutter waren nicht zu erreichen. Sie wußte nicht, wo sie sich zur Zeit aufhielten. Ebenso hatte Va keine genaue Adresse angegeben. Da Pucki in der Krankenpflege wenig Erfahrung besaß, beschloß sie, einen Arzt zu rufen. Ihr war Doktor Deimler als Hausarzt Prells bekannt.

Der Arzt kam und stellte eine schlimme Halsentzündung mit Fieber fest. Er verordnete Medikamente und fragte, ob der Knabe die nötige Pflege und Aufsicht hätte. Das bestätigte Pucki.

Unsicher wurde sie erst, als Flo immer wieder verlangte, sie solle bei ihm bleiben. Es gab im Haushalt viel zu tun, denn auch Tri mußte versorgt werden. Ausgänge waren zu machen, Flo aber weinte, wenn Pucki fortging. Was sollte werden, wenn sich die Krankheit verschlimmerte? Wer half, wer riet ihr? Genau erfüllte sie die Vorschriften des Arztes und hoffte von Stunde zu Stunde, daß sich der Zustand des kleinen Patienten bessern möchte.

Es gab alle Hände voll zu tun für Pucki. Sie mußte allein die große Wohnung instandhalten, dazu kochen und für die Kinder sorgen. Sie stahl sich minutenweise vom Lager des Kranken fort. Als sie wieder in ihr Zimmer kam, um fertig auszukehren, sah sie Tri, der mit dem Besen hantierte.

„Bleib ruhig bei Flo“, sagte der Knabe, „ich habe Va oft zugesehen, wie sie es macht. Ich kann das. Ich werde heute auch kochen. Wir machen eine dicke Suppe, das genügt.“

Pucki traten die Tränen in die Augen. Stürmisch zog sie Tristan an sich. „Du guter, lieber Junge, du bist mein Freund!“

„Ja, ich bin dein Freund. Nun geh rasch wieder zu Flo, ich mache alles fertig.“

Er wirbelte zwar mit dem Besen wild im Zimmer umher, so daß der Staub hoch aufflog, und kehrte den Rest, der nicht auf die Schaufel wollte, sorgsam in eine Zimmerecke, aber Pucki sah in allem nur die große Zuneigung des Knaben, der die Arbeit freudig auf sich nahm, damit sie sich dem Bruder widmen konnte.

Auf ein Klingeln an der Korridortür öffnete Tri. Es war der Briefträger.

„Vielleicht von der Mutter? Endlich schreibt sie!“

Aber es war nicht von der Mutter. Es war ein Brief an Hedi Sandler.

„Sie hat wieder nicht geschrieben“, meinte Tri traurig, indem er Pucki das Schreiben reichte. „Nur du hast heute eine Brieffreude.“

„Von Carmen!“ sagte Pucki.

„Von deiner Carmen, die mit dir in die Schule ging, die mit auf der Waggerburg war und mit im Walde, wo du den Tiger machtest?“

„Ja, Tri, von derselben Carmen.“

„Dann lies uns den Brief mal vor“, sagte Flo matt, „vielleicht steht Ulk darin.“

Pucki, die am Bett des Kranken saß, erbrach erfreut das Schreiben. Ein Brief beglückte sie immer sehr. Jeder Gruß von daheim oder von Freundinnen und Freunden war für sie eine große Freude.

Mit geschlossenen Augen lag Flo im Bett; sein Köpfchen glühte. Er sah sehr elend aus, da er so gut wie gar nichts essen wollte.

Puckis anfangs strahlendes Gesicht verdunkelte sich.

„Lies doch“, drängte Tri.

„Carmen kommt morgen mittag um zwei Uhr nach Nürnberg. Mit ihrem Vater. Um vier Uhr reisen sie weiter. Sie haben zwei Stunden Aufenthalt und – und – –“

„Kommen sie zu uns?“

„Nein, Tri, sie bleiben auf dem Bahnhof. Sie möchten gern, daß ich hinkomme. Carmen will mich gern wiedersehen.“

„Da mußt du hingehen!“

Flo öffnete ängstlich die Augen. „Willst du weg?"

„Sie geht nur auf den Bahnhof", tröstete Tri den Bruder. „Sie kommt bald wieder zurück zu dir."

„Geh nicht fort", flüsterte Flo ängstlich.

„Ich bleibe bei dir", sagte Tri, „ich sitze an deinem Bett. Laß Pucki nur gehen, sie will doch auch mal die Carmen wiedersehen. Bis morgen bist du auch wieder gesund."

Pucki schwieg zu dieser brüderlichen Auseinandersetzung. Sie las nochmals die Zeilen der Freundin, die von einem Wiedersehen redeten. Carmen kam nach Nürnberg! Zwei Stunden könnte man sich sehen, könnte sich das Herz ausschütten. Riesengroß wurde in Pucki die Sehnsucht nach der Schulfreundin.

„Bleibst du bei mir?" Eine Kinderhand tastete sich zu Puckis Rechten. „Der Hals tut mir so weh, mir ist überhaupt so schlecht."

„Sei still", rief Tri, „morgen ist dir wieder ganz gut. – Nicht wahr, Pucki, du möchtest morgen gern zu Carmen gehen?"

„Ich möchte schon – aber – –"

„Du gehst eben! Ich bleibe dann bei Flo."

Während Pucki draußen in der Küche das Mittagessen richtete, hockte Tri auf dem Bettrande des Bruders und sagte mahnend: „Du kannst dir doch denken, Flo, daß sie die Freundin gern wiedersehen möchte. Wenn die Mutter eine Freundin sehen will, geht sie auch hin. Du mußt unserer Pucki morgen sagen, daß du gesund bist und daß sie gehen darf, auch wenn du noch nicht gesund bist."

„Ich will aber nicht allein sein."

„Höre mal, Flo, du mußt ja nicht allein bleiben, ich bin doch bei dir."

Flo bohrte die Finger in die Augen. „Sie soll nicht fortgehen." Er schloß die Augen, wandte sich auf die andere Seite und stöhnte leise. Er fühlte sich gar so elend. Er hatte Angst vor dem Alleinsein; es könnte mit seinem Hals noch viel schlimmer werden, dann war Pucki nicht da.

Inzwischen stand Pucki traurig in der Küche. Was sollte sie beginnen? Carmen kam nach Nürnberg, und sie würde sie nicht sehen können. Eine Nachricht erreichte die Freundin auch nicht mehr. Carmen würde mit dem Vater auf dem Bahnhof sitzen und vergeblich warten.

„Zwei Stunden sind keine lange Zeit. Wenn ich die Nachbarin bitte, herüberzukommen? Frau Lorenz ist eine gute Frau. Vielleicht tut sie es. Ach ja, sie tut es bestimmt! Ich brauche auch nicht zwei Stunden auf dem Bahnhof zu bleiben, nur eine. In dieser Zeit wird dem kleinen Flo nichts Schlimmes geschehen. Ich fahre mit der Elektrischen, werde mich sehr beeilen – aber ich muß Carmen sehen."

Als beim Mittagessen auch Tristan weiter zuredete, sie solle morgen ruhig zum Bahnhof gehen, stand es für Pucki ziemlich fest, wenigstens für eine Stunde aus dem Hause zu eilen. Am Nachmittag läutete sie an der Nachbarwohnung und erstattete Frau Lorenz Bericht.

„Morgen nachmittag paßt es nicht, Fräulein Sandler, wir haben große Wäsche. Ich will natürlich gern mal nach dem Knaben sehen, aber Florestan wird nicht besonders erfreut sein, denn er kann mich nicht recht leiden."

„Doch, er mag sie gern. – – Bitte, passen Sie ein wenig auf die Knaben auf, liebe Frau Lorenz."

„Ich werde nach den Kindern schauen. Aber lange kann ich nicht bei ihnen bleiben."

Mit schwerem Herzen verabschiedete sich Pucki von der Frau. Wenn es Flo nur morgen besser ginge! Sie beobachtete den Kleinen angstvoll, und als sie abends das Fieber maß, erschrak sie. Es war beträchtlich gestiegen. Sollte sie den Arzt rufen? Er hatte ihr gesagt, sie solle ihn antelephonieren, wenn sich der Zustand verschlimmere. Zur eigenen Beruhigung tat sie es. Doktor Deimler kam gegen zehn Uhr und verschrieb eine neue Medizin, die Pucki noch in der späten Stunde holte. Es sollten nachts Eisumschläge öfters erneuert werden. Tristan war längst ausquartiert. Er schlief im Herrenzimmer auf dem Diwan.

„Sei ohne Sorge, mein Junge“, sagte Pucki zärtlich zu dem Kranken, „ich bleibe nachts bei dir.“

Der Arzt ging, er wollte morgen gegen Mittag wiederkommen.

„Morgen bin ich gesund“, flüsterte Flo, „morgen kannst du zu Carmen gehen.“ Seine fieberheißen Augen suchten bei diesen Worten verängstigt Puckis Gesicht.

Es folgte eine unruhige Nacht. Pucki kam nicht zum Schlafen. Der Knabe schreckte oftmals auf, schrie laut und begann zu weinen und über heftige Schmerzen zu klagen. Die Angst des jungen Mädchens vergrößerte sich von Stunde zu Stunde. Noch immer hatte sie keine Kenntnis vom Aufenthaltsort der Eltern. Sollte sie eine sachverständige Pflegerin besorgen? Vielleicht versäumte sie doch etwas! Aber eine erfahrene Pflegerin verlangte eine ansehnliche Summe, und Geld war nur wenig vorhanden.

Am Morgen ging es dem kleinen Flo sehr schlecht. Sogar Tristan machte ein kummervolles Gesicht.

„Pucki, er sieht so heiß aus. Wird er wieder gesund oder muß er sterben?“

„Aber Tri, solche Worte darfst du nicht sagen! Flo wird wieder gesund.“

„Bei uns in der Klasse war auch einer, der hatte erst nur Halsschmerzen, und dann war er plötzlich tot. Ich habe heute auch ein bißchen Halsschmerzen, aber das schadet nichts.“

„Du auch!“ rief Pucki entsetzt, „was mache ich nun?“

Wieder läutete sie Doktor Deimler an, denn sie wußte keinen Ausweg mehr. Der alte Herr war bereit zu helfen und versprach, noch heute eine Pflegeschwester zu schicken.

„Ich habe aber kein Geld“, klagte Pucki.

„Das wird erledigt werden, wenn Herr Prell heimkommt. Wissen Sie noch immer seine Adresse nicht?"

„Nein, Herr Doktor."

„Die Krankenschwester wird schon in der nächsten Stunde kommen, und ich stelle mich gegen Mittag erneut ein!" tröstete der Arzt.

Eine Krankenschwester mußte versorgt werden, für sie mußte man gut kochen. Sie würde nicht mit dem Essen zufrieden sein, das Pucki bisher für sich und die Kinder bereitet hatte. Pucki hatte aber kein Geld, und der Fleischer würde nichts borgen. Das alles überlegte das junge Mädchen. Ob sie nicht einen Wertgegenstand ins Leihhaus bringen könnte?

„Meine goldene Armbanduhr", sagte sie traurig, „sie ist das einzige, was ich habe. Aber Flo ist so krank, er muß gesund werden. Wenn Prells heimkommen, werden sie mir die Uhr wieder auslösen."

So beschloß Pucki, ihr einziges Wertstück hinzugeben, um für die Pflegerin gut und nahrhaft kochen zu können. Wenn die Pflegerin noch heute kam, konnte sie vielleicht doch noch für eine Viertelstunde zu Carmen eilen.

Schwester Helene stellte sich bald ein; aber Flo rief beständig angstvoll nach Pucki.

„Lassen Sie ihn ruhig gewähren, Fräulein Sandler", sagte die Schwester. „In zwei Tagen ist es anders, dann hat er sich an mich gewöhnt."

In zwei Tagen! – Dann war Carmen längst fort.

Es wurde Mittag. Es wurde zwei Uhr. Pucki war recht still. Sie saß am Bett des fieberheißen Knaben.

Auf Zehenspitzen kam Tristan ins Zimmer und brachte ihren Hut.

„Carmen wartet auf dich, geh schnell."

Obwohl die Worte nur geflüstert waren, schien Flo sie doch gehört zu haben. Er warf sich angstvoll herum, faßte mit beiden Händen Puckis Arm und rief matt:

„Nicht fortgehen – hierbleiben!“

Carmens Bild tauchte blitzartig vor Puckis Seele auf. Sie sah sich neben der Freundin. Aber war sie selbst noch jene Pucki von einst, die sich ihre kleinen Wünsche erfüllen konnte, wie sie wollte, die lachend alle Widerstände beiseite schob? Nein, sie war eine andere geworden. Sie hatte Pflichten. Ihre eigenen Wünsche mußten auch jetzt zurückgestellt werden. An sich durfte sie in dieser Stunde nicht denken.

„Schleich dich ganz leise fort“, flüsterte Tri an ihrem Ohr.

Pucki schüttelte den Kopf. „Nein, mein lieber Junge, Flo braucht mich, ich habe Pflichten übernommen, die ich erfüllen muß und will. Ich bleibe hier.“

Schweigend schaute Tristan auf Pucki, und ebenso schweigend trug er den Hut wieder hinaus. Als dann Flo in leichten Schlaf gesunken war, als Pucki sich geräuschlos erhob, um draußen nach dem Rechten zu sehen, stand Tri plötzlich an ihrer Seite und drückte seinen Kopf an ihre Brust.

„Nun wird die Carmen bald weiterfahren. Du bist hiergeblieben. – Pucki, du bist ein guter Mensch.“

„Mein lieber Junge – –“

„Ich meine, der liebe Gott hat nun gesehen, daß du für uns eine große Freude geopfert hast. Der liebe Gott vergilt alles Gute. Paß auf, er schickt dir bald eine noch viel größere Freude, weil du entsagt hast.“

„Für mich wäre es die größte Freude, Tri, wenn Flo recht bald wieder gesund wäre und wenn deine Halsschmerzen nicht schlimmer würden.“

„Ach, sie sind nicht schlimm. Aber der Flo hat es gut, der wird immerfort von dir behütet. – Ich möchte auch im Bett liegen und krank sein, Pucki. Es ist schön, von dir gepflegt zu werden.“ – –

Von Carmen kam am anderen Tage eine erstaunte Karte, in der sie fragte: „Warum bist du nicht gekommen? Ist das deine Freundschaft? Oder durftest du nicht weggehen?“

Und wieder am nächsten Tage teilte der Arzt Pucki mit, daß sich Flo auf dem Wege der Besserung befände. In dieser Nacht schlief Pucki zum ersten Male wieder gut und fest. Flo war damit einverstanden, daß Schwester Helene neben seinem Bett im Sessel saß. Er schlief der Genesung entgegen.

Ein Mutterherz

Flo war seit acht Tagen außer Bett, als von Herrn Prell die erste Nachricht eintraf. Der Sänger wies Pucki etwas Geld an und fragte, ob sie mehr benötige; er würde in etwa drei Wochen zurückkommen. Auch von Frau Edda kam eine Karte, die aber nicht froh klang. Sie hätte viel Ärger gehabt und sehne sich nach Ruhe; in etwa vierzehn Tagen würde sie wieder in Nürnberg sein.

Je näher der Tag der Heimkehr rückte, desto unruhiger wurde Tristan. Vor kurzem war der Lotteriegewinn ausgezahlt worden; das Geld befand sich in Puckis Händen. Täglich ließ Tri sie den Schreibtisch aufschließen, um die Scheine anzusehen.

„Mutti wird bis an die Decke springen, wenn sie es bekommt."

„Sie wird Augen wie große Kugeln machen", pflichtete Flo dem Bruder bei, „dann wird sie sich so freuen, daß sie immerfort schreit."

„Wir gehen zusammen zur Burg und essen viel Schlagsahne. Mutti aber wird ganz glücklich sein. Meinst du nicht auch, Pucki?"

„Freilich, Tri!"

„Wenn sie nur erst hier wäre! – Wenn sie wüßte, daß ich soviel Geld für sie habe, käme sie gleich."

„Sie hat noch zu arbeiten."

„Schreibt sie noch immer an dem Roman: „Mutterherzen"?"

„Ja, Tri."

„Den mußt du uns vorlesen, Pucki, wenn er fertig ist. Die Mutter in dem Roman hat drei kleine Kinder, für die sie alles opfert. Dann wird sie ganz arm und geht sogar betteln für die drei Kinder. Das eine Kind ärgert sie immerfort; aber sie hat es doch sehr lieb. – Glaubst du, daß eine Mutter ihr Kind lieb hat, wenn es ihr immerfort Ärger macht?"

„Freilich, eine Mutter verzeiht und vergißt alles, mein Junge."

„Sie wird mich doppelt liebhaben, wenn ich ihr die tausend Mark gebe. – Ob sie sich wirklich darüber furchtbar freut und nicht mehr schilt?"

Solche Fragen, die an Pucki alltäglich mehrmals gerichtet wurden, füllten das Denken der Kinder aus. Wenn sie beieinandersaßen, dann malte sich Tristan aus, was die Mutter sagen würde, wenn er das Geld vor sie hinlegte.

„Soll ich es ihr auf den Tisch legen? Soll ich es ihr gleich auf dem Bahnhof geben oder im Auto, wenn sie nach Hause fährt? Oder soll ich gar nicht mit auf den Bahnhof gehen und hier im Wohnzimmer auf sie warten? Ihr Bild in die Mitte auf den Tisch stellen und die Scheine ringsherum legen? Pucki, gib mir doch mal das Geld, ich will sehen, wie es aussieht."

An einem Freitag kam von Frau Edda abermals eine Karte mit der Botschaft, daß sie am Montag einträfe. Den Zug könne sie nicht angeben, man brauche sie nicht abzuholen.

Den Sonntag über war Tri sehr aufgeregt. Wohl zum zehnten Male zählte er das Geld durch. „Oh, wie wird sie sich freuen!"

Am Montag mit dem Mittagszug kam Frau Prell nicht. Tri stand im Wohnzimmer neben dem aufgezählten Geld und stellte fest, daß die Standuhr noch nie so langsam gegangen wäre wie heute.

„Kommt sie um sechs Uhr, Pucki?"

„Ich weiß es nicht."

Valeria war auch noch nicht zurückgekommen. Vor einigen Tagen hatte sie angefragt, wann Prells zurückkehren wollten. Als Pucki der Wahrheit gemäß antwortete, teilte ihr Va mit, daß sie erst Mitte der nächsten Woche zurückkommen würde. So waren Pucki und die beiden Knaben die vielen Wochen allein geblieben. Die Zeit war gar rasch vergangen und dünkte ihr wunderschön. Die Knaben hatten sich fest an sie angeschlossen, öffneten ihr vertrauensvoll die kleinen Herzen und ließen sich willig von Pucki leiten.

Endlich schlug die Glocke im Flur an. Flo stürmte zur Tür und schrie zurück: „Sie ist es! – Bist du endlich da, Mutter? Na warte, jetzt kommt gleich was Schönes!"

„Alles gesund geblieben?" fragte Frau Edda und reichte Pucki zum Gruße die Hand. „Ich habe entsetzlichen Ärger gehabt. Ich habe es satt bis über beide Ohren!"

„Schimpf mal nicht gleich wieder, Mutter, zieh dich rasch aus und komm dann ins Wohnzimmer."

Tri kam nicht hinaus auf die Diele. Er stand neben dem aufgezählten Gelde und zitterte in freudiger Erwartung. Gleich würde die Mutter hier sein, gleich würde er ihr das viele Geld übergeben können.

Frau Edda machte unterdessen im Nebenzimmer ihrem Ärger Luft. Sie hätte auch auf der Reise unangenehme Gesellschaft gehabt. Hinzu kamen noch leichte Kopfschmerzen, kurzum: ihre Stimmung war die denkbar schlechteste. Flo huschte ins Wohnzimmer.

„Sie schimpft wieder. Aber gleich wird sie lachen."

„Kommt sie bald?"

„Sie zieht sich nur um."

„Oh, wie wird sie sich freuen! – Sieh mal, Flo, zehn schöne Scheine. – Ich bin so froh! – Wenn sie mich nur nicht totdrückt vor Freude."

„Mich soll sie auch drücken, so recht fest, so fest, wie mich Pucki manchmal drückt. Das ist schön!" Dann lief Flo wieder aus dem Zimmer, zur Mutter hin und drängte: „Bist du nicht bald fertig? Komm doch ins Wohnzimmer!"

„Laß mich in Ruhe, Junge!"

Doch dieses Mal zeigte Flo kein betrübtes Gesicht. Er zwinkerte listig mit den blauen Augen und kehrte zum Bruder zurück.

Währenddessen berichtete Pucki von der Krankheit Flos, daß aber sonst alles glatt gegangen sei.

„Ich bin Ihnen sehr dankbar, Pucki! Ich weiß, Sie sind ein Prachtmädchen. Wir haben einen guten Griff mit Ihnen getan. – Ach, ich vergaß, Ihnen ein Schmuckstück mitzubringen, doch das hole ich nach."

„Und nun, Frau Edda, gehen Sie hinüber zu den Knaben, die schon sehnsüchtig auf Sie warten."

„Gehen Sie lieber hinüber zu den Kindern, ich will mich ein wenig niederlegen. Das Abendessen bringen Sie mir später ans Bett."

„Bitte, gehen Sie erst zu den Kindern."

„Lieber Gott, was ist denn? – Meinetwegen! Inzwischen decken Sie mein Bett ab."

Frau Edda betrat das Wohnzimmer. Die beiden Knaben standen am Tisch und schauten der Mutter mit brennenden Augen entgegen.

„Nun bist du wieder da", sagte Tri, „das ist schön! – Sieh mal, Mutter, das schenke ich dir. Das sind tausend Mark, die habe ich in der Lotterie gewonnen. Das ganze Geld ist für dich. Ja, für dich, ich schenke es dir, damit du froh bist."

Frau Edda schaute fassungslos auf das Geld. „Wo habt ihr das her?"

„Ich habe Lotterie gespielt und gewonnen. – Ganze tausend Mark! Nun schenke ich sie dir."

„Das ist nett von dir, Tri, deine Mutter kann gerade Geld gebrauchen. Spiele nur öfter in der Lotterie, du scheinst ein Glückspilz zu sein. Morgen schenke ich jedem fünf Mark. – Seid ihr auch brav gewesen?"

Keine Antwort erfolgte. Frau Edda packte die Scheine zusammen und steckte sie in ihre Handtasche. „Nun lauft und kauft euch eine Tafel

Schokolade. – Hier ist Geld." Frau Edda kramte ein Markstück hervor. – „Sage mal, hast du das Geld wirklich in der Lotterie gewonnen oder hat es der Vater geschickt? Vielleicht beschwindelst du mich, Tri!"

„Ich habe das Geld in der Lotterie gewonnen."

„Dann ist es gut. – So, und nun lauft! Morgen erzähle ich euch von den schönen Bergen und was ich dort unternommen habe."

Frau Edda verließ das Wohnzimmer. Sie fühlte sich ein wenig erleichtert. Das Geld konnte sie im Augenblick gut gebrauchen nach der argen Enttäuschung, die sie erlitten hatte. Der Roman, von dem sie sich soviel versprach, war vom Verleger kurzweg abgelehnt worden. Ziemlich deutlich hatte er ihr zu verstehen gegeben, daß die Arbeit unwahr und talentlos sei. Frau Edda war darüber außer sich. Sollte sie etwas Neues schreiben? Noch war sie mit sich darüber nicht im klaren. Im Augenblick freute sie sich über das Geld, das sie gedankenlos von den Kindern nahm. Keinen Augenblick dachte sie daran, daß sie mit ihrem Verhalten den Knaben tief ins Herz traf. Wie oft hatte sich Tri die große Freude der Mutter vorgestellt, die sie beim Anblick des vielen Geldes haben würde. – Und was war nun?

Pucki, die Frau Edda beim Auskleiden half, wagte nicht nach dem Geld zu fragen. Sie merkte, daß Frau Prell schlechter Laune war. Sie war froh, als sie bald entlassen wurde. Sie ging ins Kinderzimmer. Von den beiden Knaben aber war nichts zu sehen. Sie lief durch die anderen Räume; auch hier fand sie keinen. Endlich sah sie Tri und Flo in der Küche. Flo hielt den Bruder in seinen Armen und wischte ihm die Tränen ab.

„Nimm es ihr wieder weg und gib es Pucki, dann ist alles gut. Die freut sich darüber."

Pucki brauchte nicht erst zu fragen, sie kannte den Kummer des Knaben. Eine so große Enttäuschung wie heute hatte Tri noch nie erlitten. Heftiger Zorn gegen die unbegreifliche Mutter stieg in dem jungen Mädchen auf. Konnte sich Frau Edda nicht in die Seelen ihrer Kinder versetzen? Ahnte sie nicht, wie sich Tri auf diesen Augenblick gefreut hatte? Was war das für eine sonderbare Frau? Sie wollte einen Roman

„Das Mutterherz“ schreiben und verstand sich so wenig auf ihre eigenen Kinder.

„Tri, mein lieber Junge!“ sagte Pucki.

Aber Tristan schüttelte traurig den Kopf und streckte abwehrend die Hände gegen Pucki aus.

„Tri, mein lieber Junge, die Mutter freut sich doch sehr über das Geld – das hat sie mir eben gesagt. Sie hat so heftige Kopfschmerzen, daß sie ihre Freude jetzt nicht zeigen kann. Sie ist sehr glücklich. Morgen, sagte sie, wird sie dir herzlich dafür danken. Du sollst dich gedulden.“

Tri hob das tränenüberströmte Gesicht zu Pucki empor. „Nein, sie freut sich nicht!“

„Ja, Tri, sie freut sich sehr. Sie war ganz starr über das viele Geld. Sie kann es noch gar nicht begreifen, daß ihr das Geld gehören soll. Solch gute Jungen wie sie hätte keine andere Mutter auf der ganzen Welt, sagte sie. Als du ihr deinen Lotteriegewinn gabst, hat sich ihr vor Staunen fast das Herz umgedreht, und – und – – dann hat sie später vor Freude geweint.“

„Sie freut sich?“

„Immerfort hat sie meine Hand festgehalten und mich gedrückt. Alles vor Freude! Sie war so starr, daß sie gar nichts sagen konnte.“

„Wirklich – –?“

„Ja, mein lieber Junge. Morgen ist die Mutter wieder ruhiger, dann wird sie kommen, und alle werden glücklich sein. Du brauchst wirklich nicht zu weinen, Tri. Du hast die Mutter sehr glücklich gemacht.“

„Sie hat doch gar nichts gesagt.“

Es dauerte noch ein ganzes Weilchen, bis Pucki die beiden Knaben felsenfest davon überzeugte, daß Frau Edda vor Freude sprachlos gewesen sei.

Die Unwahrheiten fielen Pucki natürlich schwer aufs Herz, wenn sie an morgen dachte. Jetzt warteten die Knaben darauf, daß morgen der große Freudenausbruch erfolgen solle. Sie würden darauf warten.

„Ich muß es ihr sagen, wenn sie es selbst nicht weiß", überlegte Pucki. „Ich will ihr erzählen, wie sich Tristan darauf freute. Wie kann eine Mutter so lieblos sein!"

Als Pucki am Abend Frau Edda das Essen ans Bett brachte, hoffte sie, ein Gespräch dazu beginnen zu können. Doch Frau Edda lag mit geschlossenen Augen in den Kissen und sagte kein Wort. So verließ Pucki schweigend wieder das Zimmer. Morgen vormittag, wenn die Knaben in der Schule waren, wollte sie ihr Herz ausschütten.

Am anderen Morgen saß Pucki mit den Knaben am Frühstückstisch. „Ob sie vor Freude gut geschlafen hat?" fragte Tri. „Ob sie heute sehr glücklich ist?"

„Ganz gewiß, mein Kleiner." Pucki war froh, als die Knaben endlich das Haus verließen. Nun konnte sie ungestört mit Frau Edda reden.

Es war elf Uhr, als die Mutter der Kinder aus ihrem Schlafzimmer kam. Pucki stand längst in der Küche und bereitete das Mittagessen vor.

„Guten Morgen, liebe Pucki! Ich bin soeben durch die Räume gegangen und habe festgestellt, daß alles in tadellosem Zustand ist. Verdanke ich Ihnen diese Ordnung?"

„Es machte mir Freude."

„So ordentlich hat es bei uns noch niemals ausgesehen. Wir sind Ihnen von ganzem Herzen dankbar, Pucki. Wenn mein Mann heimkommt, müssen Sie einen Wunsch äußern, den wir Ihnen gern erfüllen werden. Und nun erzählen Sie mir von Flos Krankheit und was sich sonst ereignet hat."

„Einen Wunsch habe ich heute schon", begann Pucki, „doch erst will ich alles andere erzählen."

Während Frau Edda frühstückte, berichtete Pucki über die kleinen, unwichtigen Erlebnisse. Sie lobte die Knaben und sprach mit leuchtenden Augen von den gutherzigen Kindern, die ihr nur Freude bereitet hätten. Dann begann sie von dem Lotterielos zu erzählen und von Tris Gewinn.

„Sie haben recht, Pucki. Tri ist ein guter Junge. Er hätte das Geld auch für sich ausgeben können. Merkwürdig, daß er es mir gab. Ich habe nicht gewußt, daß er so an mir hängt."

Pucki drückte die Fingernägel in die Handflächen. Jetzt war die Stunde da, in der sie an das Herz einer Mutter pochen mußte.

„Sie sagten mir, ich solle mir etwas wünschen, Frau Edda."

„Eilt es damit so sehr?"

„Ja", erwiderte Pucki, „heute noch muß ich es Ihnen sagen."

Frau Edda lachte. „So ist es immer. Kaum hat ein Mensch dem andern eine Gefälligkeit erwiesen, so will er den Lohn haben. – Schießen Sie also los."

Pucki schloß die Augen. Sie wollte nicht in das gleichgültige Frauengesicht sehen, sie wollte ohne jede Schönfärberei sprechen. Entweder rührte sie das Herz dieser Mutter oder – man warf sie heute noch auf die Straße. Doch das war ihr jetzt gleichgültig! Die Kinder gingen ihr vor. Sie sprach von dem Gewinn, von der Freude, die Tri darüber empfand, von seinem Kummer, daß die Mutter oft kein Geld hätte. Sie schilderte, wie die Kinder unter den häuslichen Sorgen litten, daß Tri mit den tausend Mark all den Ärger aus dem Elternhaus bannen wollte. Pucki redete sich mehr und mehr in Eifer hinein. Sie malte die Freude und das Glück des Knaben aus, wenn er daran dachte, daß die Mutter beim Anblick des vielen Geldes in hellen Jubel ausbrechen würde. Sie schilderte, wie Tri an jedem Tage von der Stunde der Heimkehr gesprochen hätte, in der die Mutter, sprachlos vor Glück, ihren Knaben an sich drücken würde.

„Und was ist gewesen? – Nichts, gar nichts! Tri hat bitterlich geweint. Nun habe ich ihm vorgetäuscht, daß Sie, Frau Edda, sprachlos vor Glück waren, und daß Sie heute, erst heute, die Knaben dankbar an sich drücken würden. Ein Sohn sehnt sich danach, seiner Mutter eine Freude zu bereiten. Sie haben das Geld gleichgültig angenommen. Das hat ein Kinderherz tief verwundet. Ich bin keine Mutter, aber das fühle ich."

„Pucki, was fällt Ihnen ein!“

„Wenn man Kinder hat“, fuhr das junge Mädchen fort, „wenn einem das höchste Glück auf Erden geschenkt worden ist, hat man auch die heilige Verpflichtung, die Seelen seiner Kinder nicht verkümmern zu lassen. Kinder brauchen Sonnenschein und Elternliebe. Es ist traurig in diesem Hause – –“

„Sind Sie nun fertig?“

„Nein, Frau Edda, noch nicht! Ich habe die Knaben herzlich lieb gewonnen; doch die Knaben hungern nach Elternliebe. In unserem Hause war es anders. Ach, wie glücklich waren wir, weil wir mit unseren Sorgen zu jeder Stunde zu Vater und Mutter kommen durften! Hier aber ist alles anders, und darum kann das Glück auch nicht unter diesem Dache wohnen.“

Frau Edda stand auf, ging ans Fenster und trommelte mit den Fingern nervös gegen die Scheiben. Pucki aber fuhr leidenschaftlich fort:

„Sie schreiben an einem großen Roman: „Das Mutterherz“. Sie erzählten mir gestern, die Arbeit sei vom Verleger abgelehnt worden, denn sie sei nicht echt empfunden. Oh, das kann ich mir denken! Sie wissen ja gar nicht, wie eine Mutter sein muß, denn Sie sind keine rechte Mutter. Mir tun die Knaben in der Seele leid. Zu fremden Menschen müssen sie gehen, um getröstet zu werden. Sie denken nur an Ihre Kunst und vergessen darüber ihre Kinder. Ich weiß, was Mutterliebe bedeutet, ich weiß, daß Kinder geborgen und behütet sind, wenn Vater und Mutter schützend die Hände über sie halten. Wenn Ihre Kinder einmal gar nichts mehr von Ihnen wissen wollen, haben Sie die Schuld. In mir wird bis zum letzten Atemzuge die Sehnsucht nach den Eltern sein, denn ich habe ihre Liebe gespürt. In allen Stürmen, die mich umbrausen, sehe ich auf die Mutter; so kann mir nichts geschehen. Aber Ihre Kinder tappen umher und haben keinen Menschen. Entschuldigen Sie, wenn ich Ihnen das alles in meiner Erregung um Ihrer Kinder willen sage.“

Es kam keine Antwort. Jetzt erst kam Pucki wieder zum ruhigen Denken. Ihr wurde klar, daß sie sich hatte hinreißen lassen. Wie durfte sie, als Angestellte des Hauses, es wagen, in solch leidenschaftlicher, anklagender Art und Weise zu Frau Edda zu reden. Sie hätte ihre Worte anders wählen müssen! Aber Mäßigung war in solchen Dingen nicht Puckis Art. Wenn ihr etwas auf dem Herzen brannte, so sprudelte sie es heraus, ohne nachzudenken, was daraus entstehen konnte.

Was hatte sie eigentlich gesagt? Sie war ungezogen gewesen, hatte einer Mutter Vorwürfe gemacht und wußte doch selber so wenig von Kindererziehung. All ihr Mut sank zusammen. Sie schämte sich der Worte, die eben gefallen waren. Frau Edda war eine reife Frau und sie achtzehn Jahre.

„Ich – – ich wollte nicht – – entschuldigen Sie, aber – – Ich dachte nur – an die Knaben. – Ich – ich –"

Pucki stotterte an den Worten herum.

Frau Edda sagte noch immer kein Wort. Sie machte nur eine Bewegung mit der Hand, die andeutete, daß Pucki das Zimmer verlassen möchte.

„Bitte, entschuldigen Sie, ich meinte es gut. – – Tri weinte gestern so bitterlich. Die Knaben warten auf ein liebes Wort. Ich will nichts anderes, nur – bitte, sagen Sie Tri, wenn er aus der Schule kommt, daß Sie sich über das Geld freuen. Wenn Sie meinen, daß ich ungezogen war, können Sie mir kündigen. Aber – ich habe die Kinder doch so herzlich lieb – –"

„Gehen Sie – –"

Nun weinte nicht Tri, jetzt weinte Pucki bitterlich. Sie saß in ihrem Zimmer und bereute ihre temperamentvolle Strafpredigt. Sie hätte es geschickter beginnen müssen! – Vielleicht war nun alles verdorben.

Sorgenvoll sah sie der Rückkehr der Knaben aus der Schule entgegen. Als sie kamen, ging Pucki in die Küche und schloß die Tür fest hinter sich. Sie wollte nichts sehen und nichts hören, wollte vor allem nicht Zeuge jener Szene sein, die sich jetzt zwischen Mutter und Kind abspielen würde. Sie war so erregt, daß ihr eine Schüssel auf die Erde fiel.

Frau Edda hörte die Kinder kommen. Sie blickte sich nach Pucki um, und als sie das Klappern der Teller aus der Küche hörte, ging sie ins

Kinderzimmer. Was in ihrem Innern bei den erregten Worten Puckis vorgegangen war, erfuhr Pucki niemals.

Die Knaben blickten die Mutter gespannt an. Wortlos breitete Frau Prell die Arme aus. Die Knaben schmiegten sich hinein.

„Ich danke euch, ich danke euch herzlich", flüsterte sie scheu. Fest und immer fester zog sie die Knaben an sich.

„Mutter – freust du dich wirklich so sehr, daß du gestern nichts sagen konntest?"

Wie ihr die Worte ihres Kindes ins Herz schnitten! Sie sah in die blauen Augen, in denen das Glück stand.

„Ich wollte dir eine mächtige Freude machen, Mutter", sagte Tri.

„Ja, ja, mein lieber Junge!" Frau Edda konnte sich keine Rechenschaft darüber geben, daß auch ihr plötzlich Tränen über die Wangen liefen. „Ich freue mich, freue mich sehr", stammelte sie.

Da stieß Tri einen schmetternden Ruf aus und begann zu singen: „O Tag des Glückes, o Tag der Wonne, wie leuchtest du herrlich – ..."

Die Küchentür wurde heftig aufgerissen, Tri riß Pucki fast um. „Sie freut sich, – du! Sie freut sich!"

Das verstand Tristan nun freilich nicht, daß sich Pucki jetzt auch die Augen wischte, Tristan herumschwenkte und rief: „Ich bin ja so glücklich, so glücklich!"

Beim Mittagessen fehlte Frau Edda. Sie bat Tri, er möge ihr das Essen ins Zimmer bringen, sie sei zu angegriffen. Pucki ahnte, daß Frau Edda sie nicht sehen wollte.

Am nächsten Tage kam Va zurück. Sie bestaunte die Knaben und die Ordnung, die überall zu sehen war.

„Ich erkenne den Haushalt kaum wieder. Was sind Sie für ein seltenes Exemplar, Pucki."

Im gleichen Sinne äußerte sich Va auch zu Frau Edda. „Pucki flickt und näht, sie hält die Knaben in Ordnung, räumt die Zimmer auf und wird von den Kindern leidenschaftlich geliebt. – Sogar mir gegenüber sind die Bengels nicht mehr so frech wie früher. – Was ist denn geschehen?"

Wieder schwieg Frau Edda zu diesen Worten. Sie war in den nächsten Tagen viel auswärts. Wenn sie mit Pucki zusammen traf, hatte sie nur einen flüchtigen Gruß, aber die Knaben rief sie von nun an öfters zu sich. Wenn sie ihnen von ihrer Reise erzählte, brachten die Kinder immer das Gespräch auf Pucki.

„Ihr scheint Pucki viel lieber zu haben als mich."

„Sie ist sehr gut zu uns."

„Sie hat immerfort an meinem Bett gesessen, als ich krank war, und hat mich gepflegt."

„Sie hat auch das Geld nicht haben wollen, als das Los 'rauskam, das ich ihr schenkte."

„Ich kann mir sogar selber Knöpfe an den Anzug nähen", rief Tri mit strahlenden Augen. „Als Flo krank war, habe ich die Stuben ausgekehrt, Kartoffeln gekocht und gebraten. Pucki hatte soviel zu tun." "Pucki ist die liebste Frau auf der ganzen Erde."

„Pucki hat uns sehr gern, sie hat sogar ihre Armbanduhr für uns ins Leihamt getragen", rief Tri.

„Pucki hat nicht geschlafen, als ich krank war."

So klang es von den Kinderlippen. Dazu schüttelte Frau Edda gerührt den Kopf. Beständig klang es an ihre Ohren: „Pucki, – Pucki, – Pucki!" Wie war es möglich, daß das junge Mädchen die Herzen der beiden Knaben so schnell erobert hatte?

„Ihr möchtet also lieber bei Pucki sein als bei eurer Mutter?" fragte sie endlich.

Flo schmiegte sich ein wenig verlegen an die Mutter. „Wir haben dich auch gern, du bist unsere Mutter!“ sagte er.

„Ja“, sagte Frau Edda, „ich bin eure liebe Mutter.“ Ihr war das Herz schwer. – –

Wenige Tage später kam Herr Prell heim. Er war in strahlender Laune. Durch Vermittlung von Freunden waren ihm für die kommenden Winter glänzende Anträge gemacht worden. Er sollte an ersten Bühnen gastieren und hatte vorzügliche Engagementsabschlüsse in der Tasche.

„Brauchst nicht mehr Geld zu verdienen“, sagte er lachend zu seiner Frau und umfaßte sie. „Wirf die Schreiberei in den Papierkorb. Oder bist du deinen Roman los geworden?“

Frau Edda wandte sich beschämt ab. „Ich habe keine Lust mehr, zu arbeiten.“

„Das wäre herrlich, Edda! Ich wünsche mir nichts sehnlicher, als daß es wieder wird wie im Anfang unserer Ehe. Daß du dich in Zukunft mehr um Haus und Kinder kümmerst und nicht in einen stillen Erdenwinkel fährst, um Romane zu schreiben.“

„Ach, Vater, die Mutter kann ruhig fortgehen“, warf Flo ein, „Pucki sorgt sehr gut für uns. Es war sehr schön.“

„Richtig, Pucki! Ich muß unsere Pucki auch begrüßen. – Wo steckt sie?“

Der Sänger merkte schon in der ersten Viertelstunde, daß hier etwas nicht stimmte. Als er seine Frau befragte, wich sie ihm aus. So rief er Pucki zu sich und bat sie, ihm zu berichten, was sich während seines Fortseins zugetragen hatte.

Aber auch Pucki war still. Nicht zum zweiten Male wollte sie ihrem Temperament die Zügel schießen lassen.

„Hier stimmt etwas nicht! Haben Sie kein Vertrauen mehr zu uns? Was ist vorgefallen?“

Keiner erzählte etwas Zusammenhängendes, und doch erfuhr Herr Prell alles. Tri sprach von dem Gewinn und von der Freude, die die Mutter am nächsten Tage gehabt hätte. Er sah, wie das Benehmen seiner Frau den Kindern gegenüber plötzlich völlig anders war. Pucki entschuldigte sich schließlich bei ihm wegen der häßlichen Worte, die sie zu Frau Edda gesagt hatte. Der Künstler faßte beide Hände Puckis. „Ich will mit meiner Frau reden. Ich vermute, kleine Pucki, Sie haben meinem Hause einen großen Dienst erwiesen. Nun glaube ich, genau wie Tri, daß Sie uns direkt vom Himmel geschickt wurden."

Am Nachmittag hörte Pucki manches laute Wort aus dem Musikzimmer. Dort hatte Kurt Prell mit seiner Frau eine lange Aussprache. Pucki fühlte sich recht bedrückt. Immer ängstlicher wurde ihr ums Herz, als sie Frau Prell schließlich weinen hörte. Sie zuckte zusammen, als Flo ins Zimmer kam, und sagte, der Vater lasse sie ins Musikzimmer bitten.

Herr Prell war allein, als sie eintrat. Er ging wieder mit ausgestreckten Händen auf sie zu. „Ich danke Ihnen, Pucki. Sie leiden darunter, daß Sie neulich bei der Aussprache nicht die rechten Worte zu finden vermeinten. Sie haben sie gefunden. Sie haben uns endlich die Augen geöffnet und uns die Kinder neu geschenkt. Haben Sie vielen Dank dafür!"

An diesem Abend war man wieder in alter Fröhlichkeit beieinander. Wohl klang zunächst noch leichte Verlegenheit durch die Worte, die Pucki an Frau Edda richtete, doch die fröhliche Stimmung der Knaben sorgte dafür, daß auch dieser Druck bald verschwand.

Von Tag zu Tag wurde es im Hause des Sängers anders. Frau Edda ging mit den Knaben spazieren, rief sie zu sich ins Zimmer und erzählte ihnen mancherlei. Tri und Flo berichteten Pucki öfters, daß die Mutter jetzt sehr gut sei, und wenn Frau Edda abends nochmals an die Betten der Kinder kam, wenn sie den Knaben den Gutenachtkuß gab, schlangen sie oftmals die Arme um ihren Hals und flüsterten glücklich: „Jetzt ist es so schön bei uns. Jetzt hast du uns lieb, ebenso lieb, wie uns Pucki hat."

An einem der nächsten Tage saß Frau Edda lange in ihrem Zimmer und schaute mit brennenden Augen auf die Blätter ihres Romans. Draußen vernahm sie die Stimmen ihrer Knaben.

„Ja, jetzt ist es wirklich fein bei uns. Die Mutti ist sehr lieb."

Noch ein letzter, kurzer Kampf, – dann öffnete Frau Edda den Ofen, warf die Blätter des Romans hinein und zündete sie an.

„Kleine, liebe Pucki, was habe ich dir nicht alles zu danken. Aus ist es mit der Schriftstellerei! Es gibt für mich einen besseren Platz als den am Schreibtisch. Wie glücklich war ich, als die Knaben geboren wurden! – Warum bin ich einem falschen Glück nachgelaufen?"

Im Ofen brannten hell die Blätter. Da rief Frau Prell nach Pucki. Sie kam.

„Dort, sehen Sie einmal in den Ofen, dort brennt meine zwecklose Arbeit. Es wird nicht mehr geschrieben, Pucki! Jetzt wird Ordnung im Hause geschafft. Das alles habe ich Ihnen zu danken! – Pucki, lassen Sie uns Freundinnen sein und bleiben."

Frau Prell umschlang Pucki. Die Augen des jungen Mädchens leuchteten hell auf.

Mit frohem Hoffen

„Was machen wir nun, Pucki?" Sehr kläglich klang es. „Alles verpfuscht! Der Stoff reicht nicht mehr. Beide Ärmel auf eine Seite geschnitten. – Ach je, ich verstehe doch gar nichts!"

Auf dem großen Tisch im Wohnzimmer lag ein Stück Stoff ausgebreitet, der Schnitt war aufgesteckt. Man hatte gemeinsam einen Knabenanzug zugeschnitten, doch weder Frau Prell noch Pucki leisteten in der Schneiderei etwas Ordentliches. Dabei wollten sie so gern aus den vorhandenen Stoffen etwas schaffen. Sie hatten ein Schnittmuster für einen Knabenanzug kommen lassen, waren mit frischem Mut an die Arbeit gegangen und – der Stoff war verschnitten.

„Wir stückeln", sagte Frau Edda ruhig.

Der verschnittene Ärmel wurde hin und her gedreht, oben und unten etwas angesetzt, bis Pucki strahlend meinte: „So wird es gehen. Tri wird auch mit Nähten im Ärmel sehr fein aussehen. Aber schlimm ist es, daß wir immer Fehler machen, wenn wir etwas arbeiten."

„Ja", lachte Frau Edda, „wissen Sie noch, Pucki, wie wir im vorigen Monat das Kleid für mich schneiderten? Ich bin gewiß eine schlanke Frau, aber ich konnte nur halb hineinschlüpfen."

„Und dann mußten wir den schönen Stoff wegwerfen, weil er ganz zerschnitten war. – Sehr schlimm!"

„Ach nein, Pucki, schlimm ist das nicht. Jetzt nicht mehr. Ich bin Ihnen jeden Tag erneut von ganzem Herzen dankbar, weil durch Sie in unserem Haus vieles gewandelt wurde. Wieviel Glück und Frieden haben Sie hier hereingebracht! Was habe ich von Ihnen nicht alles gelernt. Als Sie vor etwa sieben Monaten zu uns kamen, war es eine Stätte der Unrast, der Unzufriedenheit und der Unordnung – –"

„Sie sollen mich nicht loben, Frau Edda. Erinnern Sie sich nur daran, wie falsch ich alles anfaßte. Von Kindererziehung hatte ich keine Ahnung. Von der Krankenpflege verstehe ich auch nicht viel. Denken Sie nur daran, wie unsicher ich Tristan vor zwei Monaten während der Grippe pflegte –"

„Wie gut Sie meinen Flo pflegten, als ich auf Reisen war."

„Das war Glückssache."

„Nein, Pucki, ein Glück war es für uns, daß Sie in unser Haus kamen. Auch mein Mann sagt Ihnen das häufig. Ich glaube, es freut Sie, wenn Sie das hören."

„Ach ja", sagte Pucki innig, „ich wünsche mir längst, Kindern eine gute Lehrmeisterin zu sein. Als ich den ersten Versuch machte, erlitt ich kläglich Schiffbruch. Und auch hier erfülle ich meine Pflichten nicht so, wie es sein müßte, weil mir das rechte Wissen fehlt."

„Sind Sie wirklich fest entschlossen, Ostern unser Haus zu verlassen und das Kindergärtnerinnen-Seminar zu besuchen? Wollen Sie nicht weiterhin bei uns bleiben? Die beiden Knaben werden Sie schwer vermissen."

„Nicht mehr so sehr wie vor Monaten, Frau Edda, denn Tri und Flo haben ja eine treusorgende Mutter."

„Ja, liebe Pucki, auch nach dieser Richtung hin haben Sie segenbringend gewirkt. Ich ging einen falschen Weg. Erinnern Sie sich noch der Strafpredigt, die Sie mir im September hielten?"

Pucki wandte sich verlegen ab. O ja, sie erinnerte sich noch recht gut an ihre leidenschaftlichen Worte. Sie waren nicht auf unfruchtbaren Boden gefallen. Mit Frau Edda war seit jener Zeit eine große Veränderung vorgegangen. Mehr und mehr widmete sie sich ihren Kindern, sie fing sogar an, das Hauswesen selbst zu leiten. Und wenn sie auch in der Küche die gröbsten Fehler machte, so lernte sie doch vieles daraus. Am Schreibtisch saß sie nicht mehr, nicht einmal kleine Erzählungen wurden mehr geschrieben, weil es zu viel anderes zu tun gab, was Frau Edda heute wichtiger dünkte.

Herr Prell befand sich diesen Winter viel auf Gastspielreisen. Wenn er aber nach Hause kam, freute er sich des friedlichen Familienlebens und der hausfraulichen und mütterlichen Tugenden seiner Frau. Auch die Ordnung, die überall herrschte, wurde wohltuend von ihm empfunden. Das Geld, das er nach Hause schickte, verschleuderte man nicht mehr für zwecklose Dinge. Frau Edda hielt mit Pucki Rat, wie sie es am besten einteilen sollte. Mehrere Kassen standen im Schreibtisch, und oftmals lachten beide herzlich, wenn bald aus dieser, bald aus jener Kasse für die andere geborgt wurde.

Aber nicht nur Herr Prell, auch die beiden Knaben empfanden den Umschwung im Elternhause mit großer Freude. Sie blühten geradezu auf, und oft flüsterten sie miteinander, daß es jetzt ganz anders zu Hause wäre als früher. Aus der Mutter sei eine liebe Mutti geworden, genau solch eine Mutti, wie sie im Forsthaus Birkenhain lebte. Wenn Frau Edda von weichen Kinderarmen umschlungen wurde, strahlte aus ihren Augen das Glück, das sie sich durch eigene Schuld so lange vorenthalten hatte. –

Frau Edda hob den Kopf. „Sehen Sie, wie es draußen schneit, Pucki. Nun ja, am fünfzehnten Dezember kann man nichts anderes verlangen. Haben Sie schon nach Hause geschrieben, daß Sie nächste Woche kommen?“

Aus Puckis Augen brach ein Strahl heißer Freude. „Ja, gleich gestern habe ich geschrieben. Als Sie mir sagten, daß ich nach Hause reisen darf, habe ich mich sofort hingesetzt und einen langen Brief an die Eltern geschrieben.“

„Sie freuen sich sehr auf die Weihnachtsreise?“

„Ach ja!“

„Am dritten Januar sind Sie aber wieder hier, Pucki. Die vierzehn Tage Ferien gönne ich Ihnen von Herzen. Ich werde in dieser Zeit allein mit den Kindern fertig werden. Außerdem habe ich ja noch die gute Va.“

Und nun zählte Pucki die Tage bis zur Abreise. Jeder neue Morgen wurde jauchzend begrüßt, und als endlich der 22. Dezember herankam, als man ihr am Vormittag einen hübschen Gabentisch aufbaute und einen neuen Zwanzigmarkschein dazu legte, vermochte sie ihr unbändiges Glücksgefühl kaum zu zügeln.

„In drei Stunden geht mein Zug, in drei Stunden fahre ich heim!“

Frau Prell und die beiden Knaben brachten Pucki zur Bahn. Immer wieder wurde sie von den Knaben umhalst; doch keine Trauer stand in den Kinderaugen, sie hatten ja ein Mutterherz, das ihnen Liebe schenkte.

So reiste Pucki Rahnsburg entgegen. Was hatte sie alles zu erzählen! Sonnabend vor Ostern war sie nach Eisenach gefahren; dort hatte sie nichts als Enttäuschungen erlebt. Auch von den Eltern war mancher Brief angekommen, der sie stark bedrückt hatte. Damals, als Pucki in ihren ersten Briefen ihre Stelle im Hause des Sängers Prell schilderte, wollten sie sie nicht in Nürnberg lassen. Die Mutter meinte, sie wäre dort nicht auf dem rechten Platz. – Ein glückliches Lächeln huschte über das frische Mädchengesicht. Oh, sie konnte heute der Mutter melden, daß ihr Frau Prell von Herzen dankbar war. Alle sagten im Hause des Künstlers, daß mit ihr Ordnung und Frieden eingezogen wären. Sie hatte aber auch den

Kindern die Mutter zurückgegeben. – War das nicht eine Tat, die innerlich glücklich machen konnte? Alles das würde sie daheim erzählen.

Ein Schatten glitt plötzlich über Puckis Gesicht. Warum schrieb Claus Gregor nicht mehr? Drei Briefe waren unbeantwortet geblieben. Als sie nach Nürnberg gekommen war, wurde auch ihm das Herz ausgeschüttet. Pucki schrieb in ihrer temperamentvollen Art, wie furchtbar es in Eisenach gewesen wäre und daß sie sich schließlich eine andere Stelle gesucht hätte. Und wieder nach vierzehn Tagen teilte sie Claus mit, in welches Haus sie geraten sei, doch gefiele es ihr recht gut.

Warum antwortete er ihr nicht? Ging es ihm drüben in Brasilien schlecht? Und zum drittenmal war ein Schreiben an ihn abgegangen, doch bis heute war keine Antwort gekommen.

„Ob er mich vergessen hat? Ob ich ihm zu dumm, zu unerfahren bin? Ich hatte ihm damals gesagt, daß ich in meiner Stellung aushalten wollte. Und schon nach wenigen Wochen bin ich fortgegangen. Er will mich gewiß nicht mehr kennen, er ist mit mir böse."

Jedesmal wenn Pucki bei diesen Gedanken angekommen war, wurde ihr das Herz schwer. Wie freundlich und nett schrieb dagegen Hans Rogaten. Von ihm hatte sie manchen Brief erhalten. Ihr Leben und Wirken interessierten ihn, und er fragte immer nach ihrem Wohlergehen. Und wie hatte er sich damals um sie gesorgt, damit sie eine neue bessere Stellung bekäme.

Pucki schüttelte energisch den Blondkopf. „Ich werde die Eltern und Schwestern wiedersehen, alle die lieben Freunde und Freundinnen. Ich will auch nach der Oberförsterei gehen und zu Niepels. Jeder Tag wird für mich ein Freudentag sein. Wenn ich nur erst daheim wäre! Die Fahrt nimmt kein Ende!"

Doch endlich war Rahnsburg erreicht. Pucki hatte sich zwar vorgenommen, den jüngeren Schwestern recht gesittet zu begegnen, doch als sie Waltraut und Agnes auf dem Bahnsteig erblickte, schrie sie ihnen, noch ehe der Zug hielt, fröhlich zu:

„Da bin ich endlich! Ich komme und bleibe bis zum zweiten Januar bei euch. Herzlich willkommen!“

Stürmisch umarmte Pucki auf dem Bahnsteig die beiden Schwestern. Agnes schrie laut auf, denn Pucki hatte sie heftig auf den Fuß getreten.

„Du bist noch immer so wild“, sagte Agnes, „ich dachte, du hättest in deiner Stellung schon was gelernt.“

„Ich bin ja so glücklich, ach, so glücklich! Wie geht es den Eltern?“

Dann schritt Pucki neben den Schwestern durch den verschneiten Wald, dem Forsthaus Birkenhain zu. Noch nie war ihr der Wald so herrlich erschienen wie heute!

„In Thüringen gibt es schöne Wälder, bei Nürnberg gibt es auch große Waldungen, doch nirgends stehen solche schönen Bäume wie hier. Auch der Schnee ist reiner und weißer als in Nürnberg –“ Pucki schnupperte mit der Nase in die Luft. „Hier riecht es auch so anders – –“

„Vielleicht nach Waffeln?“ meinte Waltraut.

„Nein, nach Heimat“, sagte Pucki innig. „Es riecht nach Heimat, nach Elternliebe und Glück. Dort – seht nur, dort schaut schon das liebe Forsthaus hervor. – Oh – – oh –“ Mit langen Sprüngen eilte das junge Mädchen dem kleinen Hause zu.

Nun saß sie daheim am Tische der Eltern. Alles erschien ihr schöner und herrlicher denn zuvor. Beinahe jedes Möbelstück wurde von ihr begrüßt. Sie schämte sich fast, daß sie so voller Rührung über alles war, was sie im Elternhause wiedersah. Dazu die Eltern, die ihr mit jedem Wort Liebes erwiesen. Pucki hatte sich vorgenommen, gleich am ersten Abend ihres Hierseins ausführlich über alles zu erzählen. Doch ihr Mund blieb oft fest geschlossen, und nur die Augen schweiften umher, schauten glückselig in die des Vaters, der Mutter, und ein süßes Gefühl der Geborgenheit überkam sie. Es war ihr nicht möglich, alles, was sie erlebt hatte, sogleich zu erzählen. Erst wollte sie hören, was sich daheim zugetragen hatte. Jedes Wort aus dem Munde der Eltern war ihr wie ein Geschenk.

Erst im Laufe der nächsten Tage gab Pucki ein Bild der letzten Monate ihrer Tätigkeit.

„Ihr werdet gewiß recht böse auf mich gewesen sein“, sagte sie eines Tages, „weil ich die Stelle in Eisenach so bald verließ. Ihr werdet gesagt haben: die leichtsinnige Pucki hält es nirgends aus. Es lag nicht an mir. Mein erster Schritt ins Leben war ein Fehlschlag. Jetzt ist es anders. Ich fühle mich sehr glücklich im Prellschen Hause.“

„Aus deinen Briefen haben wir keine rechte Klarheit über deine Stellung gewonnen.“

„Hast recht, liebe Mutter. Anfangs war auch mir alles unklar. Doch später ist es gut ausgegangen. Darf ich dir erzählen, was Frau Prell wenige Tage vor meiner Abreise zu mir sagte? Es soll kein Eigenlob sein, Mutti, ich erzähle es auch nicht, um mich in deinen Augen groß hinzustellen. Ach nein, ich sage es nur, weil es mich wirklich sehr glücklich macht.“

„Was hat sie gesagt, du kleiner Irrwisch?“

„Mit mir sei das Glück in ihr Haus gekommen. Durch mich habe sie ihre Kinder wiedergewonnen. Nun ist sie erst wirklich glücklich geworden.“

„Durch dich, Pucki? Durch meine wilde, kleine Pucki?“

„Ja, Mutti, so sagte Frau Prell. Ich habe manches Stück Stoff verschnitten, manches Mittagessen anbrennen lassen und manches verdorben. Ich habe sogar den Kindern, ohne daß ich es wollte, Unarten beigebracht. Ich habe, als Tri krank lag, falsche Mittel angewandt. Aber eines ist mir gelungen: Ich habe die Liebe der beiden Knaben gewonnen. Ich habe in ein Haus, aus dem das Glück weichen wollte, wieder Frieden und Harmonie getragen.“

„Wie hast du das nur angefangen, mein liebes Kind?“

„Mutti, ich weiß es selber nicht! Ich weiß nur, daß mir das Herz weh tat, wenn ich die Kinder ansah, die keine Elternliebe kannten. Ich habe dann immer an dich und Vati gedacht, habe mir im Geist eure treue Fürsorge vorgestellt. Ich wollte den Kindern etwas Ähnliches schenken. – Glaube mir, Mutti, ich habe mich redlich gemüht, etwas Gutes zu schaffen. Manches Mal mißlang es, doch hin und wieder glückte es mir."

„Du fühlst dich also glücklich im Prellschen Hause und bist völlig befriedigt?"

„Nein, Mutti, ich möchte mehr leisten. Ich möchte einen ganzen Platz im Leben ausfüllen. Das kann ich jedoch nicht, wenn ich den rechten Weg nicht weiß. Ich schrieb euch schon, daß ich zu Ostern ein Seminar besuchen möchte, um alles das zu lernen, was mir fehlt. Ich weiß heute, daß ich Kinder über alles liebe, daß ich bei ihnen am richtigen Platze stehe. Nur muß ich alles das hinzulernen, was dazu nötig ist. Erlaubt mir, daß ich das Seminar besuche! Ich glaube, dann werde ich im Leben meine Pflichten voll und ganz erfüllen können."

„Ich freue mich, Pucki, daß du so vernünftig geworden bist."

„Dazu hat Eisenach wohl beigetragen. Damals war ich über die Stellung sehr unglücklich, heute sehe ich ein, daß sie mir nicht geschadet, sondern viel genützt hat. Und wenn ich jetzt mit meinen Freundinnen zusammenkomme, will ich ihnen sagen, daß niemand zu verzweifeln braucht, auch wenn der erste Schritt, den man ins Leben hinaustut, auf steinigen Boden gesetzt wird. Mutti, wir beißen uns schon durch! In der Jugend steckt Mut und große Tatkraft! Wir halten durch! So will ich auch im Seminar eine gute Schülerin sein und alles lernen, was mir noch fehlt."

Die nächsten Tage waren für Pucki mit den verschiedensten Besuchen ausgefüllt. Zur Weihnachtszeit weilten die meisten ihrer Bekannten im Elternhaus. Da war Meta Zirl, die Schulfreundin aus Rahnsburg, die jetzt in Hamburg die Krankenpflege erlernte. Puckis erste Frage galt Claus.

„Du hattest ihn doch öfter gesehen. – Schreibt er dir?"

„Er ist doch in Brasilien."

„Aber er schreibt dir?"

„Nein, Pucki, er hat dort anderes zu tun. Er hat mir noch nicht geschrieben."

Das junge Mädchen atmete erleichtert auf. Vielleicht hatte Claus wirklich so viel zu tun, daß er nicht zum Schreiben kam. Zu Neujahr würde er sicherlich einen Gruß nach Nürnberg senden.

In der Oberförsterei begrüßte man Hedi Sandler herzlich. Der Oberförster drohte schelmisch mit dem Finger.

„Na, na, es hat ja nicht lange mit der ersten Stelle gedauert. In dem Künstlerhaus gibt es wohl nicht so viel Arbeit? Dort kommt es wohl auch auf Ordnung nicht an?“

Pucki fühlte den Vorwurf. Ob Claus auch so dachte? Ob er deswegen nicht mehr schrieb?

„Hast recht, Onkel Oberförster, wenn du mir mißtraust, denn ich habe, als ich von Hause fortging, zu große Worte gesprochen. Aber glaube es, in mir hat sich manches gewandelt.“

„Du bist uns immer eine liebe, kleine Freundin gewesen, möge es auch weiterhin so bleiben.“

„Was macht Claus?“ forschte Hedi beklommen.

„Er hat große und schwere Pflichten.“

„Ob er wohl zu Neujahr – – Vielleicht hat er doch Zeit, um einige Karten zu schreiben.“

„Hast du keine Nachricht von ihm?“

Pucki senkte den Kopf tief. „Seit ich in Nürnberg bin, schrieb er nicht mehr. Vielleicht denkt er, daß ich auch von dort schon wieder weg bin. Ich wollte in der ersten Stelle aushalten, das hatte ich ihm versprochen, aber ich habe mein Versprechen nicht halten können. Claus hält alle seine Versprechen.“

„Aber Pucki! Tränen?“

Das Försterkind wischte ärgerlich die Augen mit dem Handrücken und versuchte, den Oberförster anzulächeln. Aber es wurde nichts Rechtes daraus.

„Nicht weinen“, tröstete der Oberförster, „Claus hat seine kleine Freundin lieb, er wird sie nicht vergessen und ganz bestimmt schreiben.“

Da trat rasch wieder ein frohes Leuchten in Hedis feuchte Augen. –

Rose Scheele, die noch immer auf der Schmanz weilte, freute sich herzlich, Pucki wiederzusehen. Sie fühlte sich im Hause des Bauern noch immer sehr glücklich, denn man schätzte und liebte das fleißige junge Mädchen. Besonders Erich Teck, der seit einem Jahr den Hof der Eltern bewirtschaftete, lobte die fleißige Rose über alle Maßen.

„Das wird mal eine Schmanzbäuerin, wie ich mir keine bessere denken kann.“ Da lief Rose rasch aus dem Zimmer, denn ihr Gesicht war blutrot geworden. Pucki schaute den schmucken Sohn ihres alten Freundes mit lachenden Augen an.

„Wollen Sie die Rose heiraten?“

„Freilich will ich das“, klang es frohgemut zurück. „Zu Neujahr gibt es eine Verlobung – wenn sie mich will.“

„Das ist ja herrlich! Ich komme zur Verlobungsfeier! Das muß ich sogleich der Rose sagen.“

„Hübsch den Mund gehalten, Pucki!“ rief Erich. „Das sage ich ihr ganz allein. Sie ahnt es auch schon längst.“

Nicht minder fröhlich ging es im Niepelschen Gutshause zu. Dort waren zum Weihnachtsfest alle drei Söhne vereinigt, und es gab viel zu berichten. Paul, der Eleve, klagte freilich über gar zu reichliche Arbeit, doch Walter und Fritz waren in bester Laune. Immer wieder erzählte man von der Vergangenheit, von den tollen Streichen, die gemeinsam unternommen worden waren, kurzum, es waren wunderschöne Stunden, in denen man die Kinderzeit ins Gedächtnis zurückrief.

Übereinstimmend herrschte die Ansicht, daß Pucki sich in den neun Monaten ihres Fernseins vom Elternhaus zu ihrem Vorteil verändert hätte. Wohl war sie noch immer das sonnige junge Mädchen mit den lachenden Augen, doch ihr Wesen war nicht mehr so stürmisch; sie war ruhiger und überlegter geworden. So beglückwünschte man Sandlers zu dieser Tochter.

„Aus unserer kleinen, wilden Pucki war vor einigen Jahren ein schlimmer Puck geworden", sagte der Oberförster. „Jetzt hat sich dieser Puck wieder in eine liebenswerte Pucki gewandelt. Möge es in Zukunft so bleiben!"

Das Jahr ging schnell zu Ende. Es war verabredet worden, am Silvesterabend im Niepelschen Gutshause eine kleine Feier zu veranstalten. Um Pucki eine Freude zu machen, hatte man viele ihrer früheren Schulkameradinnen eingeladen. Sogar Tante Grete aus Rahnsburg, bei der Pucki in Pension gewesen war und die sich zur Zeit im Hause des Oberförsters aufhielt, wollte dabei sein.

Pucki stand in ihrem Stübchen, um sich anzukleiden. Es war noch reichlich Zeit. Sie schaute durchs Fenster hinaus in den verschneiten Wald. Wie oft hatte sie hier gestanden, wie vieles hatte sie in ihrem jungen Dasein schon erlebt: Heiteres, Trübes, sogar Schweres und Niederdrückendes! – Wie würde sich ihr künftiges Leben gestalten?

Als sie sich umwandte, fiel ihr Blick auf ein schwarzes Buch, das auf dem Tisch lag: Ihr Tagebuch. Hier standen ihre Erlebnisse aufgezeichnet. Pucki schloß das Buch auf und blätterte darin. Welch törichte Eintragungen waren darin gemacht worden.

„Bald bist du gefüllt, kleines Buch! Der erste Band meines Lebens würde damit abgeschlossen sein. Die glückliche Schulzeit mit ihren Freuden und Späßen. Ich glaube, daß der zweite Band ein ernsteres Aussehen haben wird, doch will ich mutig beginnen. Ein Jahr geht heute zu Ende, ein neues zieht mit neuen Pflichten herauf. Liebes kleines Buch, das mich so oft in meinem kindlichen Schmerz trösten mußte, dir will ich am Jahresschluß noch einige Worte sagen, damit du weißt, daß deine Pucki mit hellen Augen in die Zukunft schaut, daß sie vorwärts strebt und etwas erreichen will."

Das junge Mädchen griff zur Feder. Sinnend schaute sie vor sich hin. Noch einmal ließ sie in Gedanken ihr junges Leben an sich vorüberziehen.

Dann schrieb sie mit großen, steilen Buchstaben auf eine der letzten Seiten:

„Zum Licht empor, mit klarem Blick,
Ein Vorwärts stets, nie ein Zurück.
Ein frohes Hoffen, kühnes Streben,
Und schnelles Handeln auch daneben,
Dann hat das Leben Zweck und Ziel,
Wer Großes will, erreicht auch viel."

Dann stand sie auf und trat ans Fenster. Draußen lag der heimatliche Wald in winterlichem Schweigen.

Pucki fühlte das große Glück, wieder in der Heimat zu sein.

CPSIA information can be obtained
at www.ICGtesting.com
Printed in the USA
LVHW051455071222
734629LV00030B/973

9 783988 283719